KLAUS KORDON

DER EINARMIGE BOXER

EINE LIEBESGESCHICHTE

KLAUS KORDON

DER EINARMIGE BOXER

EINE LIEBESGESCHICHTE

Roman

GULLIVER
von BELTZ & Gelberg

Für Paula

MIX
Papier aus verantwortungsvollen Quellen
FSC® C089473

Dieses Buch ist erhältlich als:
ISBN 978-3-407-74867-6 Print
ISBN 978-3-407-74815-7 E-Book (EPUB)

Lektorat: Frank Griesheimer
Neue Rechtschreibung
Einbandgestaltung: Suse Kopp
Bildnachweis: Matthias Buchholz/Gallery Stock
Gesamtherstellung: Beltz Grafische Betriebe, Bad Langensalza
Printed in Germany
1 2 3 4 5 22 21 20 19 18

Weitere Informationen zu unseren Autor_innen und Titeln
finden Sie unter: www.beltz.de

Erster Teil

ÜBER ALLE GRENZEN

Fakten

Feri stand vor dem Spiegel und versuchte, ein möglichst cool-strenges Gesicht zu machen. Den ganzen langen Nachmittag über hatte sie gegrübelt, wie sie den Eltern diesen Blitzeinschlag in ihre bisher so reibungslos friedliche Welt beibringen sollte – und das, wenn's irgendwie ging, ohne allzu viel Stress zu erzeugen. Dieses und jenes Statement hatte sie sich zurechtgelegt, nichts hatte sie überzeugt.

Sollte sie beim Abendessen ganz locker sagen: »Ach, übrigens, ich bin schwanger«? Oder besser die Zerknirschte spielen? »Tut mir ja so leid, aber ... es ist was Schlimmes passiert: Ich, na ja, ich bin nämlich schwanger, und jetzt müssen wir darüber reden, wie alles weitergehen soll.«

Auch nicht das Richtige. Auf keinen Fall durfte sie sich von Anfang an in eine Verteidigungshaltung drängen lassen. Obwohl das schwer werden würde. Deshalb war's vielleicht das Beste, erst mal gar nichts zu sagen. Kommt Zeit, kommt Rat, wie's im Märchen hieß.

Was es auf jeden Fall nicht werden durfte: ein allein aus der Not geborenes, von vorn bis hinten jämmerlich hilfloses Versteckspiel, das ja auch gar nicht klappen würde. Aber wie so oft, wenn sie irgendeiner Sache ausweichen wollte, es kam alles ganz anders.

Denn ausgerechnet an diesem Abend kam ihr Vater früher als üblich nach Hause. Und das nicht gerade in allerbester Laune. Eine neue Dienstreise stand an, die erste nach den Ferien. Und das ausgerechnet in dieses so weit entfernte Malaysia, wo er vor zwei Jahren schon mal war, mitten in einer schlimmen Hitzeperiode.

Er hatte keine Lust auf diese lange Reise und seufzte beim Abendessen ärgerlich. »Die kommen da mal wieder mit dem Produktionsablauf nicht klar. Und wer soll's richten? Derselbe wie vor zwei Jahren ... Ist eben wie immer: Erst wird ewig lange getrödelt, dann muss alles ganz schnell gehen.«

»Tolle Neuigkeiten sind das!« Ihre Mutter rieb sich die Stirn. Ein langer Tag in der Praxis lag hinter ihr, Unmengen schlecht gepflegter Zähne hatte sie mal wieder reparieren dürfen, sie war rechtschaffen müde. »Und wann fliegst du?«

»Übermorgen.«

»Und für wie lange?«

»Eine Woche oder zwei ... Kommt ganz drauf an, woran's hapert.« Erst trommelte Feris Vater – eine seiner Lieblingsangewohnheiten – ein Weilchen mit den Fingern seiner linken Hand auf den Tisch, als wollte er Klavier spielen, dann öffnete er die zweite Flasche Bier. Vor Dienstreisen hatte er jedes Mal großen Durst.

Feri, zuvor schon ganz und gar in Gedanken versunken ihren Teller anstarrend, legte ihr Brot zurück. Zwei Wochen würde der Vater wegbleiben? So lange durfte sie nicht warten. Mit der Mutter darüber reden, ohne dass der Vater dabei war? – Keine gute Idee! Zwar würde auch ihr Vater sich aufregen, wenn er erfuhr, wie dumm sie sich verhalten hatte – auch dass sein kleines Töchterlein sich überhaupt schon auf diese Weise mit einem Jungen eingelassen hatte, würde ihn erschüttern –, irgendwann aber würde er seinen Ingenieursverstand einschalten und sachlich werden. So war's ja immer, wenn etwas passiert war, das ihm gehörig gegen den Strich ging. Ihre Mutter schaffte das meistens erst viel später.

»Bei mir hapert's auch«, brach es aus ihr heraus – und damit gab's kein Zurück mehr.

Feris Mutter, Bissen im Mund, krauste die Stirn. »Darf man erfahren, woran?«

»Ich … ich bin schwanger.«

Was für ein Satz! Er schwebte in der Luft – und war doch schwer wie ein Sack Zement. Und wie schnell die Gesichter sich veränderten! Zuerst der reine Unglaube – ihr Vater hätte beinahe gelacht –, dann Misstrauen: War das Ganze etwa doch kein Scherz? Gleich darauf: Bestürzung! »Du bist – was?«, fragte ihre Mutter, als konnte sie unmöglich richtig gehört haben.

»Schwanger.«

Jetzt wurde Feris Mutter blass. Ihr Vater aber wollte es noch immer nicht glauben. »Was soll denn das? Willst du uns auf den Arm nehmen? Ein kleiner Test, wie wir reagieren würden, wenn …?«

»Wenn heute der 1. April wäre?«

Das war zu cool gekommen. Ihr Vater starrte sie an, als wäre er gegen eine Wand gelaufen. »Und mit wem, wenn man fragen darf …?«

»Mit Milan.«

Stumm sahen die Eltern sich an, bis Feris Mutter mühsam beherrscht ausstieß: »Feri! Also wirklich, das kann, das *darf* doch einfach nicht wahr sein! Wozu denn all unsere Gespräche?«

Ja, wozu? Das hatte sie sich inzwischen selbst schon gefragt. Fakt war, dass sie eben nicht die kluge, vernünftige Feri war, die ihre Mutter gern in ihr gesehen hätte, sondern nichts als ein noch sehr naives, kleines Mädchen, das, als es darauf ankam, nicht mit dem Kopf, sondern mit dem Bauch gedacht hatte.

Feris Mutter hatte eine Antwort erwartet. Als keine kam, fragte sie, obwohl sich das nach allem, was sie inzwischen wusste, ja eigentlich verbot: »Und ihr habt euch nicht geschützt?«

»Nein.«

»Und warum nicht?«

»Weil … weil wir nichts dabeihatten.«

Eine Auskunft, so dumm, knapp und simpel, dass es ihrer Mutter die Sprache verschlug.

Ihr Vater war nicht weniger entsetzt. »Und ihr habt es trotzdem getan?«, fragte er mit belegter Stimme.

Noch so eine total überflüssige Frage.

»Ja.« Ein sehr, sehr knappes, bemüht selbstbewusstes und damit auch irgendwie freches Ja.

Das war zu viel. Er verlor die Beherrschung, sprang auf und schrie: »Ja, seid ihr denn total verrückt geworden? Habt ihr geglaubt, ihr könnt einfach mal 'n bisschen Liebe machen, weil der liebe Gott schon auf euch aufpassen wird?«

»Vielleicht.« Wieder so eine knappe Antwort.

Der Vater hatte von *Liebe machen* gesprochen. Das klang so abwertend, als sei das zwischen Milan und ihr nur so eine Art neugieriges Kinderspiel gewesen. Es war aber mehr, viel, viel mehr gewesen und eigentlich müssten die Eltern das längst wissen.

Wie Feris Vater jetzt dastand und sie anstarrte. Eine Feri, die so zu ihm sprach, kannte er nicht.

Gelegenheit für ihre Mutter, weitere Fragen zu stellen. Mit ihren kleinen, festen Zahnärztinnenhänden, mit denen sie sogar Nüsse knacken konnte, fuhr sie sich durchs Haar, als müsste sie irgendetwas richten. »Woher weißt du denn überhaupt, dass du schwanger bist? Hast du einen Test gemacht?«

»Ja.«

»Aber bei einem Arzt warst du nicht?«

»Nein.«

»Na, dann ist's vielleicht besser, wir melden dich gleich morgen bei Dr. Fahrenhorst an.« Sie schöpfte wieder Hoffnung. »Erst nach einem Bluttest kannst du sicher sein, dass du dich nicht irrst.«

Dr. Fahrenhorst war ihr Frauenarzt, seit zwanzig Jahren ging die Mutter zu ihm, und auch Feri hatte Vertrauen zu dem immer freundlichen, schon sehr weißhaarigen

Mann. Doch was sollte sie bei ihm? »Aber wozu denn? Ich irre mich nicht. Hab zweimal getestet. Auch ist das Ganze ja nun schon fast drei Wochen her, da ... da bleibt kein Zweifel.«

Stille. Feris Vater holte tief Luft, ihre Mutter wusste endgültig nicht mehr, was für ein Gesicht sie machen sollte. »Ich versteh dich nicht«, sagte sie schließlich kopfschüttelnd. »Warum hast du denn nicht rechtzeitig den Mund aufgemacht? Dann hätten wir doch sofort was unternehmen können.«

Sie dachte an die »Pille danach«. Und aus ihrer Sicht musste sie das wohl auch fragen. Nur: Eine sie befriedigende Antwort darauf gab's nicht.

»Hast du dich vor uns geschämt?«

»Auch.«

Wieder wurde geschwiegen, dann schob Feris Mutter mit einer resoluten Geste ihren Teller von sich, wie um reinen Tisch zu machen. »Gut oder schlecht, passiert ist passiert! Natürlich könnten wir dir jetzt Vorwürfe machen, Feri, unendlich viele Vorwürfe könnten wir dir machen. Besonders ich hätte allen Grund dazu, so oft, wie wir über all diese Dinge gesprochen haben. Doch was soll das jetzt noch bringen?« Sie seufzte und holte tief Luft. »Dass wir enttäuscht sind, Feri, wirst du dir ja denken können. Doch kommt's jetzt ganz allein darauf an, wie die Sache weitergehen soll. – Oder siehst du das anders?«

Nur eine rhetorische Frage. Zur Antwort genügte ein »Nein«. Etwas aber war anders als sonst: Nicht Feris Vater, ihre Mutter hatte sich zuerst gefasst.

»Und? Wie stellst du dir alles Weitere vor? Hast du mit diesem Milan schon darüber gesprochen?«

»Hab ihn angerufen.«

»Und was sagt der junge Mann?« Der Vater wurde ironisch. »Freut er sich darauf, Papa zu werden? Wie alt ist er denn überhaupt?«

»Siebzehn, genau wie ich.« In Feri wuchs der Zorn. Was war das denn hier? Vorwürfe, ja, die hatte sie erwartet, aber nicht dieses Verhör und vor allem nicht die unsichtbare Mauer, die die Eltern da plötzlich zwischen ihnen aufgerichtet hatten. »Und klar würde er sich freuen. Und ich mich übrigens auch, wenn's ... wenn's eben nur nicht gerade jetzt wäre.«

Das Letzte hatte sie sehr bissig gesagt. Ein Kind zu bekommen war ja schließlich nichts Schmutziges. Die ganze Welt bestand aus Kindern; jeder war mal eines gewesen. Nur zwei Atemzüge lang blieb sie noch sitzen, dann sprang sie auf, als müsste sie jetzt dringend irgendwohin.

Und dann hockte sie im Bad auf dem geschlossenen Klodeckel und durfte die Tränen fließen lassen. Sie heulte, als wollte sie nie wieder damit aufhören. Es war heraus; sie hatte gesagt, was gesagt werden musste, alles würde seinen Lauf nehmen. Nur welchen, das war die große Frage.

Als sie danach, das Gesicht frisch gemacht, an den Abendbrottisch zurückkehrte, saßen die Eltern noch da wie zuvor. Ihre Mutter starrte das halbe Brot an, das noch immer auf ihrem Teller lag, und schien nicht mehr zu wissen, was sie damit tun sollte; ihr Vater, kaum hatte er Feri gesehen, sprang wieder auf und begann im Zimmer auf und ab zu wandern, als könnte er jetzt unmöglich die Füße still halten. Bis er endlich vor ihr stehen blieb und sie lange prüfend ansah. »Deine Mutter hat recht: Du und dieser Milan, ihr habt euch äußerst leichtsinnig verhalten. Doch wie gesagt: Wozu noch Vorwürfe? Jetzt kommt's allein darauf an, Vernunft walten zu lassen. Also noch mal: Was sagt dein Milan zu alldem?«

»Er … er will noch überlegen.«

»Aha, er will noch überlegen!« Feris Vater lachte auf, warf die Arme in die Luft und ließ sie fallen, als könnte er sich auf diese Weise von irgendwas befreien. »Hätte der junge Mann das doch nur vorher getan, dann steckten wir jetzt nicht in diesem Dilemma.«

Er wusste es nicht besser, deshalb machte er es sich zu einfach: Milan war für ihn der verantwortungslose Loser, der seine Tochter verführt hatte! »Aber Milan hat ja viel weniger Schuld als ich.« Es kostete Feri Mut, das zuzugeben, aber auf gar keinen Fall durfte Milan zum alleinigen Sündenbock gestempelt werden.

»Wie bitte?« Jetzt begriff der Vater gar nichts mehr.

»Er hat viel weniger Schuld als ich«, wiederholte Feri fest. »Ich wollte das! Ich hab damit angefangen. Bei… beide Male!«

So! Damit war auch das heraus. Viel ehrlicher hätte sie nicht sein können.

Ihr Vater riss die Augen auf. Durfte er, was er eben zu hören bekommen hatte, denn wirklich glauben? Sie –

seine Tochter! – war nicht *verführt* worden, sie war die *Verführerin*? Und es ging nicht um einen einmaligen *Ausrutscher*?

Auch ihre Mutter schluckte, fasste sich aber gleich wieder. »Was passiert ist, ist nun mal passiert«, wiederholte sie, als hoffte sie, auf diese Weise allen Erörterungen der Schuldfrage ausweichen zu können. »Jetzt kommt's allein darauf an, wie wir mit dieser Situation umgehen. Habt ihr euch schon informiert? Ich meine, über einen Schwangerschaftsabbruch?«

Es gab keine andere Möglichkeit. Feri wusste das. Doch so etwas einfach abnicken? Das brachte sie nicht fertig. »Ja schon. Aber was, wenn wir das vielleicht gar nicht wollen?«

Sie hatte sehr leise gesprochen, die Mutter aber fuhr hoch, als hätte Feri ihr ins Ohr geschrien – und konnte nun auch nicht mehr sachlich bleiben. »Was soll das denn heißen – nicht wollen? Was willst du dann? Etwa dein Abitur sausen lassen, aufs Studium verzichten? Oder wer, meinst du, kümmert sich um dein Kind, während du in den Hörsälen herumsitzt? Ich etwa? Soll ich die Praxis aufgeben, um Kinderhüteoma zu spielen? – Nein, Feri, an so etwas denke lieber erst gar nicht. Du hast ja keinen Schicksalsschlag erlitten, leidest nicht an irgendeiner furchtbaren Krankheit. Wäre es so, würde ich alle möglichen Opfer bringen, um dir zur Seite zu stehen. Du hast nur deinen Verstand ausgeschaltet – und das so total, wie es totaler nicht geht. Jetzt müssen wir überlegen, welche Konsequenzen daraus zu ziehen sind.«

Eine Reaktion, die Feri vorausgesehen hatte. War ja klar, die Mutter durfte ihretwegen doch nicht ihren Beruf aufgeben; er war ja ein wichtiger Teil ihres Lebens. »Hab doch nur gemeint, dass ich noch ein bisschen darüber nachdenken will«, wehrte sie sich. »Ist ja noch Zeit. Wieso soll ich mich denn heute schon entscheiden? Weiß das Ganze ja erst seit ein paar Stunden.«

Endlich gelang es dem Vater, über seinen Schatten zu springen. Er zog sie zu sich hoch, nahm sie in die Arme und presste sie fest an sich. »Aber Feri, wir verstehen dich ja! So ein Eingriff ist keine schöne Sache … Doch zum Glück gibt es diese Möglichkeit. Denn Fakten sind nun mal Fakten. Wenn du dir nicht deine gesamte Zukunft verbauen willst, musst du dich wohl oder übel dazu entschließen. Wir … wir könnten dir ansonsten kaum helfen. Eltern sind nun mal nur so etwas wie *Gesellschaften mit beschränkter Haftung*.« Er lachte, wurde aber gleich wieder ernst. »Wir haben ja auch unser Leben. Oder sollen Eltern bis in alle Ewigkeit für all das, was ihre Kinder anstellen, den Kopf hinhalten? Früher oder später werdet ihr ja sowieso eure eigenen Wege gehen wollen.«

Nur kurz genoss Feri die Wärme dieser Umarmung, dann nickte sie still und ging, ohne die Eltern noch einmal anzusehen, in ihr Zimmer. Dort, am weit offenen Fenster sitzend, die laue Luft der Dämmerung im Gesicht, konnte sie in aller Ruhe weiterheulen.

Der zweite Blick

Wie Milan und sie sich das erste Mal sahen! In den Ferien war das gewesen, in dem großen Biergarten am Waldsee. Mitten zwischen seinen lärmenden und vor Begeisterung über die eigene gute Laune öfter laut wiehernden Freunden hatte er gesessen; ein groß gewachsener Junge mit dunklen Locken. Und egal, wie aufgedreht die anderen waren, welche Witze sie rissen und wie einer den anderen an Lautstärke übertreffen wollte, er sagte nichts, hörte nur zu und grinste hin und wieder.

Fiel ihm eine Locke zu tief in die Stirn, warf er sie mit einer ruckartigen Kopfbewegung zurück. Das wirkte irgendwie störrisch. Oder stolz. Und auch das gefiel ihr. Ob sie wollte oder nicht, unentwegt musste sie zu ihm hinschauen, quer über fast alle Tische dieses quirligen Biergartens hinweg.

Ja, er sah gut aus, daran gab es keinen Zweifel. Aber nicht deshalb war sie auf ihn aufmerksam geworden – der wahre Grund war ein anderer: Aus dem rechten, ebenfalls hochgekrempelten Ärmel seines bunten Hemdes ragte kein Arm. Der Ärmel war leer. Ein Anblick, der sie tief berührte. Was diesem Lockenkopf wohl passiert war?

Irgendwann spürte er ihren Blick. Verwundert sah er zu ihr hin, sie tauchte tief in ihre Limonade und er wandte sich wieder seinen Freunden zu.

Doch nein, sie war nicht enttäuscht. Wozu hätte er sie länger anschauen sollen? Auch der schönste Sonnenschein machte aus einer Motte keinen Schmetterling. Sie hatte sich schon immer einzuschätzen gewusst: Sie war nun mal kein Model-Typ. Eher mittelgroß und drahtig war sie, hatte noch kaum Busen und ihre igelkurzen, rotblonden Haare entsprachen auch nicht gerade dem aktuellen Schönheitsideal. Wenn es überhaupt etwas an ihr gab, das ein bisschen auffiel, dann waren das ihre Augen: groß und grün. Und im Sommer leider auch ihre munter blühenden Sommersprossen über Stirn und Nase.

Die Mutter sprach gerade über den Roman, den sie sich als Ferienlektüre mitgenommen hatte. »Für die Ferien ist so was nichts«, schimpfte sie, »viel zu viele kaputte Personen. Alles Leute, die mit ihrem Leben nicht fertig werden. Da fängt man an, sich zu wundern, weshalb man selber noch einigermaßen heil geblieben ist.«

Der Vater antwortete irgendwas Lustiges, doch das bekam sie schon nicht mehr mit – denn nun sah der Lockenkopf doch wieder zu ihr her. Ein zweiter Blick? Damit hatte sie nicht gerechnet. Ja, und *wie* er sie jetzt ansah! So neugierig, als wollte er fragen: »Wer bist du? Warum schaust du immer wieder her?« Vielleicht aber auch nur: »Hast du noch nie einen Einarmigen gesehen?«

Sie bemühte sich, möglichst gleichgültig zurückzublicken, aber da lächelte er ihr auf einmal zu – und das war ein so freundlich-sympathisches Lächeln, ob sie wollte oder nicht, sie musste ebenfalls lächeln. Warum denn auch nicht? Warum sollte sie diesem Lockenkopf nicht zeigen, dass er ihr gefiel? Sie würde ihn ja garantiert nicht wiedersehen …

Es war noch ganz zu Anfang der Ferien gewesen. Die Eltern hatten am Waldsee ein Ferienhaus gemietet, mitten in den bayerischen Bergen. Und eigentlich hatte Feri gar nicht mitfahren wollen. Sie hatte schon lange keine Lust mehr, mit den Eltern zu verreisen. Nur: Wenn sie nicht mitgefahren wäre, was hätte sie dann getan? Immer nur Schwimmbad oder Kino, DVDs kucken oder die Mails und SMS lesen, die Edda und Caro ihr aus Spanien und Italien schickten?

Das hätte sie nicht lange ausgehalten. Also ist sie nach vielerlei langwierigen Diskussionen am Ende doch mitgefahren und ihre Mutter hatte sich gefreut. Sie hätte ihr *armes, hilfloses* Kind nicht gern ganze vierzehn Tage allein gelassen. Und auch ihr Vater hatte dankbar genickt: Gut, dass sie ganz von selbst *zur Vernunft* gekommen war! Eine siebzehnjährige Tochter, so sein ewiger Spruch, muss man behandeln wie eine Kiste Nitroglyzerin. Nicht dran rütteln, nicht stürzen, nicht kippen, sonst fliegt alles in die Luft.

Und nein, sie hatte das Ganze nicht bereut. Hier, an diesem großen, blauen, von so viel Wald, hohen Bergen und sanften Hügeln umgebenen See, lasen sich Eddas und Caros Jubelschreie leichter. Obwohl: Gewisse Neidgefühle ließen sich auch hier nicht verhindern. Edda joggte jeden Morgen mit ihren Urlaubsbekanntschaften, Mädchen und Jungen aus Frankreich, am Mittelmeer entlang, Caro lernte nicht nur halb Italien, sondern auch alle paar Tage einen neuen Enrico, Renato oder Salvatore kennen. Und das, obwohl sie nun schon seit über einem Jahr mit Timothy ging. Sie hingegen: Urlaub mit Papa und Mama. Morgens *gemütlich* auf der Veranda frühstücken – Vogelkonzert im Ohr –, vormittags im See schwimmen, mittags *gemütlich* in einem Wirtshaus Mittag essen. Und danach? Danach satt bis zur Kinnlade in den Liegestühlen herumhängen.

Nachmittags dann ewig lange Spaziergänge oder die Besteigung irgendwelcher Berggipfel, weil sie ja alle drei sooo ausgeruht waren und eine solch irre Aussicht natürlich nicht verpassen durften. Folgte ein *gemütliches* Abendessen auf der Veranda und erneut abhängen. Diesmal bis zum Dunkelwerden. Es sei denn, die Eltern bekamen noch mal Lust auf ein Bad im See.

Der See allerdings, der war die große Entschädigung für alles andere. Traumhaft, wie klar und sauber das Wasser war. Ob im Sonnen- oder im Mondschein, immer wieder schwamm sie weit hinaus, legte sich auf den Rücken und blickte unendlich lange zum kaum bewölkten oder bereits sternenübersäten Himmel hoch; fast so, als hätte sie Sehnsucht, mit den Wolken fortzutreiben.

Ein komisches Gefühl, das sie jedes Mal sehr genoss, aber nicht verstand: Wohin wollte sie denn? Und warum überhaupt fort? Es ging ihr doch gut. Da war das große, von einem üppigen Garten umgebene Reihenhaus, in dem sie wohnten, und da war ihr auch nicht gerade kleines Zimmer, um das Edda und Caro sie heftig beneideten und in dem sie Alleinherrscherin war. Auch wenn sie eine ganze Woche lang nicht aufräumte oder die Jalousie drei Tage lang nicht hochzog, weder die Mutter noch der Vater redeten ihr rein. Privatsphäre blieb Privatsphäre. Einzige Bedingung: gute Schulnoten! Aber die bekam sie so regelmäßig, wie auf jedes schöne Wochenende ein müder Montag folgte. Wenn ihr in diesem Bayern kein Felsbrocken auf den Kopf fiel, durfte sie auf ein gutes, vielleicht sogar sehr gutes Abi hoffen. – Also: Was wollte sie mehr? Diese unbestimmten, blöden Sehnsüchte waren geradezu lächerlich. Immer wieder sagte sie sich das, während sie weit draußen im See schwamm, doch half das nur wenig. Jenes Grummeln in ihr, mal mehr im Kopf, mal mehr im Bauch, ließ sich einfach nicht abstellen. Irgendwas fehlte ihr, sie wusste nur nicht, was.

Die beiden Kellner, einer rundlich, der andere eher Halm im Wind, wieselten hin und her und scherzten selbst mit den ungeduldigsten Feriengästen. Feris Vater wären zwei dralle Serviererinnen im Dirndl lieber gewesen. »Wozu sind wir denn in Bayern?«, witzelte er. »Ein bisschen Folklore wäre doch gleich ein viel heiterer Anblick als diese schwitzenden Marathonläufer.«

Vor lauter guter Ferienlaune hatte er auch seinen »beiden Frauen« je ein solches Dirndl kaufen wollen. Geschäfte, in denen diese Trachten die Schaufenster füllten – entweder original und teuer oder kitschig und billig –, gab es rund um den Waldsee mehr als genug. Und Dirndl, so glaubte er zu wissen, sollten bei jungen Leuten gerade wieder mächtig hip sein. Feris Mutter hatte ihm daraufhin nur einen Vogel gezeigt und Feri erst gar nicht darauf reagiert. Seit wann wusste ihr Vater denn, was »hip« war? Außerdem: Sie mageres Hühnchen im Dirndl? Wollte er sie zur Witzfigur machen?

Das Essen kam. Ihre Mutter hatte sich nur einen Salat bestellt, wenn auch mit Forellenfilet, Feri und ihr Vater verdrückten jeder eine Portion Gulasch mit Klößen. Feris Mutter, noch immer so schlank wie auf dem Hochzeitsfoto, achtete sehr auf ihre Figur. Ihre größte Angst: irgendwann ein paar Kilo »Hüftgold« mit sich herumschleppen zu müssen. In ihrem Alter, so sagte sie oft, würden die Weichen gestellt – in Richtung Kuh oder Ziege. Ziege sei vielleicht nicht schöner, aber auf jeden Fall gesünder.

Feris Vater sorgte sich kaum um seinen »Wohlstandshügel«. Da konnte ihre Mutter sticheln, so viel sie wollte, ihre Spitzen prallten an ihm ab wie ein Tennisball an einer Betonwand. Eine Diät? Und das ausgerechnet in den Ferien? Sollte er sich hier erholen oder eine Ausbildung zum Hungerkünstler absolvieren?

Während des Essens bemühte Feri sich, nicht immerzu zu dem langen Kerl mit dem leeren Ärmel hinzuschauen. Inzwischen aber hatte er den Spieß umgedreht und beobachtete sie. Und einmal nickte er ihr sogar zu. Sollte wohl *Guten Appetit* bedeuten.

Sie verzog das Gesicht, als würde ihr diese gegenseitige Angafferei langsam ein bisschen lästig werden. Aber dann spielte sie doch wieder mit, spießte ein Stückchen Fleisch auf die Gabel und hielt es in seine Richtung. Ob er mal kosten wolle?

Er musste lachen und sie lachte mit. Und eigentlich, ja, eigentlich war's das auch schon gewesen …

Blauer als blau

So hatte es begonnen: nichts als ein bisschen gegenseitiges Anlächeln beim Mittagessen und danach tschüs und auf Nimmerwiedersehen. Am Nachmittag aber hatte Feri mal wieder nicht gewusst, was sie mit sich anfangen sollte – und da sah sie immer öfter diesen Jungen mit den schwarzen Locken vor sich. Was der jetzt wohl machte?

Ein wahrer Sympathiekeks, dieser lange Kerl. Aber der leere Ärmel! Wieder fragte sie sich, was ihm wohl zugestoßen war.

Die Eltern dösten in den Liegestühlen, der hohe Baum mit den unreifen, grünen Äpfeln spendete ihnen Schatten. Ihr Liegestuhl aber war schon lange leer. War ja nicht zum Aushalten gewesen, diese Langeweile. Ein Weilchen war sie im Garten herumspaziert, zuletzt stand sie auf dem kleinen Bootssteg, der zu dem Ferienhaus gehörte, an dem aber kein Boot festgemacht war. Mit zusammengekniffenen Augen blickte sie auf den im Sonnenschein glitzernden See hinaus.

»Wenn ich diesen See seh, brauch ich kein Meer mehr«, hatte ihr Vater voller Inbrunst deklamiert, als er am Abend ihrer Ankunft zum ersten Mal hier stand. War aber gar nicht mal übertrieben, dieser Gefühlsausbruch. Blauer als blau lockte das sich kräuselnde Wasser, strahlend weiße Segelboote glitten darüber hinweg, Kindergeschrei vom nahen Strandbad her erfüllte die Luft. Eine Idylle, als gäbe es nichts als Frieden auf der Welt.

Wieder musste sie an die Szene im Biergarten denken. Was das wohl für Jungen waren, die da so voller guter Laune Witze gerissen, gelacht und gejohlt hatten? Ein paar Freunde auf Trekkingtour? Wenn ja, waren sie sicher längst weitergewandert. Falls aber auch die Jungen an diesem See Ferien machten, wo hatten sie Quartier bezogen? In der Jugendherberge am Fuß der Berge? Auf ihrer ersten Bergwanderung waren die Eltern und sie daran vorübergekommen.

Schade, dass sie diesen Lockenkopf nicht wiedersehen würde! Was, wenn ausgerechnet er der ganz besondere Eine war, der ... na ja, der nicht nur ihr gefiel, sondern dem auch sie gefiel? Ein Gedanke, der sie immer unruhiger werden ließ. Vielleicht verpasste sie ja tatsächlich was – etwas, das sich nie wiedergutmachen ließ ... Zögernd spähte sie zu den Eltern hin, die noch immer in ihren Liegestühlen lagen. Ob sie mal an der Jugendherberge vorbeispazierte? Sie hatte ja sonst nichts zu tun.

Aber was, wenn die Jungen wirklich dort untergekommen waren und er sie sah? Was sollte er dann von ihr denken? Dass sie ihm nachlief? – Nee, wieso denn? Sie konnte ja rein zufällig dort vorbeigekommen sein, hier gab's doch keine verbotenen Wege.

Anfangs zögerlich, später schneller werdend, wanderte sie auf die Jugendherberge zu. Sie kannte sich: Je schneller sie lief, desto leiser würden ihre Zweifel.

Eine typisch bayerische, richtig große Jugendherberge war das und direkt am Abhang der Berge stand sie. Das hölzerne Dach ragte weit über die mit vielen bunten Blumen geschmückten Balkone hinaus. Davor, auf dem kurz geschnittenen, dichten Rasen, waren mehrere grüne und weiße Zelte aufgeschlagen. Die hatte es, als sie mit den Eltern hier vorübergekommen war, noch nicht gegeben. – Waren das die Zelte der Jungen vom Biergarten?

Abstand haltend spazierte sie an dem nur halbhohen Drahtzaun entlang, der das weitläufige Gelände von der Straße und vom Wald trennte. Wilde Rufe drangen zu ihr her, ja, und dann sah sie schon: Sie hatte nichts Falsches vermutet, es waren die Jungen, die im Biergarten so laut gelacht hatten, die jetzt dort Fußball spielten. Schoss einer ein Tor, jubelte dessen Mannschaft laut; schoss einer daneben, jubelte die Gegenpartei noch lauter.

Und nun? Was sollte sie sagen, wenn die Jungen sie entdeckten? Warum war sie gekommen? Der Lockenkopf mit dem leeren Ärmel spielte ja auch gar nicht mit, obwohl ein fehlender Arm beim Fußballspielen doch sicher nicht sehr gestört hätte.

Vorwärts oder zurück? Aber nein, auf keinen Fall zurück, sonst stand sie bald wieder am See oder lag im Liegestuhl und würde dieser verpassten Chance nachtrauern. Mutig gab sie sich einen Ruck und ging weiter am Zaun entlang, bis sie an den Fußballern vorüber war. Und da, gleich hinter der Herberge, im Schatten des großen Hauses, sah sie ihn: Vom unteren Ast einer Eiche hing ein roter Punchingball herab, er stand davor, einen genauso rot glänzenden Boxhandschuh über die Hand gezogen, und mit schnellen, rhythmischen Schlägen hieb er auf den Ball ein. Sein nackter Oberkörper glänzte vor Schweiß.

Eine Szene zum Staunen: Ein einarmiger Boxer? Wo hatte es das schon mal gegeben? Aber wie kräftig er auf den Punchingball eindrosch! Wollte er mit aller Gewalt ausgleichen, dass er nur noch einen Arm hatte?

Noch vier, fünf Schritte, dann war sie ihm so nahe gekommen, wie es, getrennt durch den Zaun, nur möglich war. – So, und jetzt? Was sollte sie sagen, wenn er sie entdeckt hatte? Albern, ihm vorzuspielen, dass sie rein zufällig hier vorbeigekommen war, nachdem sie während des Mittagessens immer wieder zu ihm hingeschaut hatte!

Lange bemerkte er sie nicht. Immer weiter trommelte er auf den Punchingball ein. Und wenn er auch sehr schlank war, sein linker Arm war ziemlich muskulös. Dafür baumelte rechts nur ein kurzer, weicher, seidig glänzender Armstumpf.

Wieder zweifelte sie an sich und ihrer Idee, hier einfach mal vorbeizuschauen. Wie sollte das Ganze denn weitergehen? Sollte sie sich wünschen, dass er endlich mal zu ihr hersah? Oder doch lieber nicht? Dann konnte sie klammheimlich wieder verschwinden und darauf hoffen, dass sie sich später noch mal begegneten. Vielleicht im Strandbad …

Da, ganz plötzlich – er fuhr herum und starrte sie an.

Jetzt kam sie nicht mehr weg. Ihr blieb nur übrig, die Flucht nach vorn anzutreten. Und das tat sie, lachend winkte sie ihm zu. War ja noch lange kein Anbaggern, wenn sie ihm zeigte, dass sie neugierig auf ihn war.

Er lachte nicht zurück, sah sie nur an, bis er begann, mit den Zähnen den Boxhandschuh aufzuknüpfen. Achtlos ließ er ihn zu Boden fallen, griff sich das gelbe T-Shirt, das neben ihm im Gras lag, und geschickt zog er es sich über. Vielleicht, weil er nicht wollte, dass sie seinen Armstumpf von Nahem sah? – Ja, und dann? Dann kam er schon auf sie zu und stand gleich darauf zum ersten Mal vor ihr, so groß gewachsen, dass er sie locker in seiner Hosentasche hätte verschwinden lassen können.

»Hallo!« Sie versuchte, ein harmlos-freundliches Gesicht zu machen, und wirkte deshalb sicher irgendwie doof.

»Hallo!« Seine dunklen Augen musterten sie abwartend.

Und? Was sollte sie jetzt sagen? Verlegen scharrte sie mit ihren nackten, vom Barfußlaufen längst schwarzen Füßen im Waldboden. Eine blöde Situation, in die sie sich gebracht hatte. »Warum spielst du denn nicht auch Fußball? Boxt du lieber?«, brachte sie endlich heraus.

Besonders klug war das nicht, aber garantiert besser, als gar nichts zu sagen.

Er ging erst gar nicht darauf ein, sah sie nur weiter so

stumm an, bis er – sie hatte sich inzwischen schon dreimal in ihren Liegestuhl zurückgewünscht – mit einem Mal grinste, wie er im Biergarten gegrinst hatte. »Na?«, wollte er wissen. »Hat der Gulasch geschmeckt? War 'ne ziemlich große Portion.«

Er hatte sich gemerkt, was sie gegessen hatte? Das war schon mal nicht schlecht. »Es ging«, antwortete sie gespielt cool. »Aber ihr, worüber habt ihr denn so laut gelacht? War ja rund um den See zu hören.«

»Über lauter Blödsinn.« Wieder musterte er sie ein Weilchen, dann wollte er wissen, ob das neben ihr ihre Eltern gewesen waren.

Ein kurzes Nicken – und sie hangelte sich an der nächsten Frage weiter: »Seid ihr 'ne Schulklasse?«

»Nee – 'n Jugendheim.«

Eine Antwort, auf die sie nicht gefasst gewesen war. Jugendheim? Was hieß denn das? Handelte es sich bei diesen Jungen etwa um lauter straffällig gewordene Jugendliche? Eine Frage, die ihr auf der Zunge lag, die sie aber lieber runterschluckte. »Ach so!«, sagte sie nur – und fragte stattdessen etwas ganz Blödes: »Macht ihr hier Ferien?«

»Nee! Wir planen 'nen Banküberfall.«

Erwischt! Da half nur eines: mitspielen. »Oh, toll!« Sie klatschte in die Hände. »Darf ich das Fluchtauto fahren?«

Eine Reaktion, die ihm gefiel; das Eis war gebrochen. »Keine Sorge!« Er lachte. »Wir sind keine Kriminellen, es gibt viele Gründe, ins Heim zu kommen.«

Sollte sie ihn jetzt etwa fragen, welche Gründe bei ihm dazu geführt hatten? Besser, sie wechselte das Thema. Rasch wies sie mit dem Kopf auf den nun einsam und träge am Ast der Eiche hängenden Punchingball. »Boxt du gerne?«

Kaum war es heraus, musste sie husten. Das war ja wieder so eine bescheuerte Frage gewesen; eine, hinter der in Wahrheit eine ganz andere steckte – nämlich die: Was soll das denn bringen, ein Einarmiger, der Boxer sein will? Ist das Ganze nicht nur Show?

Gleich wurde er wieder ernst. »Ja, klar, ich boxe gern. Aber nicht etwa, weil ich an den Paralympics teilnehmen will. Boxkämpfe für Einarmige, die müssten ja erst mal erfunden werden.«

»Und warum dann?«

»Weil's mir Spaß macht.«

Eine sehr knappe und ziemlich harsche Antwort, die ihr mit einem Schlag den letzten Rest Wind aus den Segeln nahm. Worüber sollten sie denn sonst reden, wenn nicht über solche Dinge wie Gulasch, Jugendheim und Boxen? Sie konnte ihn doch nicht ganz einfach fragen, warum er beim Mittagessen so intensiv zurückgeschaut hatte.

Ihr fiel nichts mehr ein, also sagte sie nur noch leise: »Na denn – tschüs!«, und wandte sich zum Gehen.

Er sagte auch »Tschüs!«. Doch dann überlegte er es sich anders, kam über den Zaun gestiegen, lief ihr nach und hielt sie fest.

Und? Was wäre passiert, wenn er sie hätte gehen lassen? Wäre dann alles ganz anders gekommen? Sinnlos, darüber nachzudenken. Alles war gekommen, wie es kommen musste. Sie sah ja noch vor sich, wie sie sich über den festen Griff, mit dem er sie am Arm gepackt hatte, freute. Also wollte auch er die Gelegenheit, sie näher kennenzulernen, nicht ungenutzt verstreichen lassen?

Nur wenig erschrocken blickte sie ihn an und gleich ließ er sie wieder los. Und entschuldigte sich: »Sorry! War ziemlich doof von mir, was ich gesagt habe. Bin eben manchmal 'n bisschen behämmert. – Willst du wirklich wissen, warum ich meinen Arm trainiere?«

Sie nickte nur stumm.

»Na ja, wenn du nur noch einen Arm hast, muss der eben doppelt gut trainiert sein. Sonst kannste ja bald keinen Eimer Wasser mehr tragen. Mit irgendjemand kämpfen, nee, also wirklich, so was will ich nicht.«

Wieder nickte sie, war aber nicht überzeugt. Dieses stupide Eindreschen auf den Punchingball, auf Dauer konnte so etwas doch keinen Spaß machen. Musste er sich nicht vielleicht doch öfter mal gegen andere Jungen verteidigen? Oder irgendwie gegen die ganze Welt?

Fragen, die sie lieber nicht stellen wollte. Eine jedoch musste sie loswerden: »Und … ich meine … was ist dir denn passiert? War das ein Unfall?«

Kaum war es ihr herausgerutscht, war ihr diese Neugier peinlich. Sein Gesicht aber verdüsterte sich nicht. »Ja, 'n Unfall!«, sagte er nur wie nebenbei. »Aber das ist 'ne lange Geschichte. Vielleicht erzähle ich dir später mal davon.«

Hatte sie richtig gehört? Später? Was hieß das denn anderes, als dass er sie wiedersehen wollte? Vorsichtig lächelte sie ihn an. »Wie heißt du denn überhaupt?«

»Milan.«

Ein eher seltener Name, aber er gefiel ihr. »Ich dachte, so heißt ein Vogel.«

»Nicht verwandt und nicht verschwägert.« Er grinste. »Ist slawischen Ursprungs. Mein Vater, der kam aus Prag. Mit Nachnamen heiße ich Vesely – mit V und y. Ist auch tschechisch.«

Kam? Also lebte sein Vater nicht mehr? Und die Mutter auch nicht? Dann wohnte er deshalb im Heim. Und vielleicht hatte der Tod seiner Eltern ja mit dem Unfall zu tun, bei dem er seinen Arm verlor ... Sie glaubte, sich einiges zusammenreimen zu können, daran rühren aber wollte sie nicht. So fragte sie nur vorsichtig: »Und wo kommt ihr her? Ich meine, du und die anderen Jungen?«

»Aus Hamburg.«

Sie nickte, als hätte sie nun endgültig alles begriffen, und verkniff sich erst mal jede weitere Frage.

»Und du?« Jetzt war er dran. »Wie heißt du und wo kommst du her?«

Sie verriet ihm, dass sie Jennifer hieß, aber nicht Jenny, sondern Feri gerufen wurde und aus einer kleinen Stadt in der Nähe von Frankfurt am Main kam. »Und mit Nachnamen heiße ich Matthay – auch mit y.«

Als sie das sagte, musste sie kichern. Als ob das mit

den Ypsilons in ihren Nachnamen sie irgendwie miteinander verband.

»Und wie heißt die Stadt?«

»Eschborn. Mit Hamburg nicht zu vergleichen, aber mir gefällt's dort.«

»Und dein Vater, als was arbeitet der?«

War das nicht ein bisschen zu neugierig? Sie hatten sich doch gerade erst kennengelernt. Aber na klar, wenn er *keinen* Vater und vielleicht auch keine Mutter mehr hatte, dann interessierte ihn so etwas sicher mehr als andere, die noch bei ihren Eltern lebten. »Er ist Ingenieur, Maschinenbau, und muss viel reisen. Seine Firma hat Projekte in allen möglichen Ländern.«

»Und deine Mutter?«

»Die ist Zahnärztin.«

Ein Weilchen schwieg er, dann spitzte er den Mund, als wollte er pfeifen. Alle Achtung, keine schlechten Berufe, sollte das wohl heißen.

Ja, und komischerweise schämte sie sich in diesem Augenblick ein bisschen für ihr Tochterglück. War sicher kein Vergnügen, von anderer Leute Eltern zu hören, wenn man selber keine mehr hatte.

Jede Menge Honig

Danach sind sie noch lange am See entlangspaziert, wenn auch immer mit ein paar Zentimetern Abstand zwischen sich. Beide waren sie nicht mutig genug, gleich auf große Liebe zu machen. Über Musik, Filme, Lehrer redeten sie, nur nicht darüber, weshalb sie gekommen war. Doch als sie sich voneinander verabschiedeten, verabredeten sie sich wie selbstverständlich für den nächsten Abend.

Um neunzehn Uhr wurde in der Jugendherberge gegessen, eine halbe Stunde später würden sie sich an der alten Schiffsanlegestelle treffen. Den schon halb morschen, hölzernen Steg, an dem sie vorübergekommen waren, machten sie als Treffpunkt aus.

Die Rückkehr in den Ferienbungalow, das Sitzen und Träumen auf der Veranda und die Zeit vor dem Einschlafen – nichts als reine Vorfreude. Ein echt starker Typ, dieser Milan. Der redete keinen Mist und witzig war er auch.

Einzige Sorge: Die Eltern! Sollte sie ihnen sagen, dass sie sich mit einem der Jungen aus der Jugendherberge verabredet hatte? Sie hatten sich gewundert, wo sie den ganzen Nachmittag über abgeblieben war, und sie hatte nicht direkt gelogen, sondern gesagt, dass sie ein wenig am See entlangspaziert sei. Nur dass sie dabei nicht allein gewesen war, das hatte sie ihnen nicht verraten. War ja alles noch viel zu frisch gewesen, um gleich große Statements abzugeben. Außerdem: Mussten die Eltern denn immer gleich alles wissen? Hätte sie ihnen von Milan erzählt, wären doch sofort jede Menge neugierige Fragen auf sie niedergeprasselt. Und was hätte sie dann antworten sollen? Was wusste sie von Milan? Nicht mehr, als dass er ihr gefiel, wahrscheinlich keinen Vater und keine Mutter mehr hatte und in einem Jugendheim lebte.

Nein, sie wollte Milan erst einmal ihre ganz persönliche Angelegenheit sein lassen. Und so rettete sie sich tags darauf, als es endlich so weit war, zur alten Schiffsanlegestelle zu laufen, und die Eltern sich gerade erst am Abendbrottisch niedergelassen hatten, in Unwohlsein. »Kann heute Abend nichts essen«, stöhnte sie und schob ihren Teller weit von sich. »Bin noch satt vom Eis. Will lieber ein bisschen spazieren gehen. Ist so schön am See.«

Natürlich blickte ihre Mutter sie gleich ganz besorgt an. Und dann kam sie auch schon, die zu erwartende Frage, ob sie sie nicht besser begleiten solle.

»Wozu denn?« Sie schaffte es, der Mutter ein harmloses Gesicht vorzuspielen. »Bin ja nicht krank, hab nur keinen Hunger. Und ich will auch nicht viel reden, will mal 'n bisschen nachdenken ... über die Schule, das Studium und das alles.«

So schnell aber gab Feris Mutter nicht auf. »Wir müssen ja nicht reden«, hakte sie nach. »Ich denk auch gern mal über alles nach. Wann, wenn nicht in den Ferien, hat unsereins denn Zeit dafür?«

»Aber darf ich denn keine Minute mal mit mir allein sein?« Jetzt musste sie kämpfen, sonst konnte sie das Treffen mit Milan vergessen. »Immer glucken wir zusammen. Bin doch keine sieben mehr, sondern siebzehn und will auch mal eine Stunde oder so nicht behütet werden.«

Das war ein bisschen zu dick aufgetragen. »Ist ja gut!« Ihre Mutter musste lachen. »Reg dich doch nicht auf. Will mich ja nicht aufdrängen.«

Ein Blick zum Vater, zu diesem gut gelaunten, in sich ruhenden Ferienvater mit dem von der Sonne inzwischen schon ein bisschen geröteten Gesicht und der zufriedenen Papa-Wampe unter dem weit offenen Leinenhemd, und sie konnte aufatmen. Großzügig nickte er ihr zu. »Einverstanden, Fräulein Matthay! Bewegen Sie Beine und Verstand. Aber bitte, bleib in der Nähe und sei vor dem Dunkelwerden zurück. Sonst müssen wir noch rund um den See Zettel an die Bäume kleben: *Tochter verloren gegangen! Wer darauf verzichtet, sie uns zurückzubringen, erhält 'ne Belohnung.*«

Die alte Schiffsanlegestelle war ein guter Treffpunkt. Hier gab's kein Strandbad und keine Restaurants, weder Einheimische noch Touristen verliefen sich in diese seit Langem tote Ecke des Sees.

Vorsichtig betrat Feri den langen, hölzernen Steg,

der schon so morsch war, dass er unter ihren Schritten knackte und knarrte, als wollte er gegen jede Störung seiner Friedhofsruhe protestieren. Sie war viel zu früh gekommen. Doch sollte sie noch mal fortgehen, nur damit Milan glaubte, dass sie nicht schon ungeduldig auf ihn gewartet hatte? – Solche Spielchen waren ihr zu blöd. Über die Brüstung gelehnt, in die so viele, die früher hier auf ihren Ausflugsdampfer gewartet hatten, ihre Initialen oder pfeildurchbrochene Herzen geritzt hatten, beobachtete sie das Treiben im flachen Uferwasser.

Kleine Fische stieben in Schwärmen hin und her, Wasserpflanzen bewegten sich im Rhythmus der Wellen. Das war eine ganz andere Welt da unten; eine, die so gar nichts mit ihr zu tun hatte. Mit geschlossenen Augen spürte sie ihren Gefühlen nach.

Es war nicht das erste Mal, dass sie sich mit einem Jungen traf. Anfang der Neunten war sie ein paar Tage mit Gerrit zusammen. Aber Gerrit hatte ihr immer nur an die Wäsche gewollt; hatte vielleicht sogar geglaubt, eine, die kein Top-Model war, musste ihm dafür auch noch dankbar sein. Anfangs hatte sie seine siebenundsiebzig Hände nur abgewehrt, dann hatte es ihr gereicht, sie hatte ihm eine gescheuert und war davongelaufen.

Ein Jahr später interessierte sich Eddas Bruder Björn für sie. Aber Björn war nicht Edda. Zweimal hatte sie sich mit ihm getroffen, dann hatte Edda ihm ausrichten dürfen, dass aus ihnen nichts werden würde. Björns ewige Doziererei! Es gab nichts, was er nicht kannte, besser wusste oder schon mal ausprobiert hatte. Dabei hatte er ihr sonst ganz gut gefallen. Nur reichte *ganz gut* eben nicht. Einen Freund haben, nur um endlich *auch* einen zu haben? Lieber lutschte sie am Daumen.

Jetzt dieser Milan! Groß, schwarze Locken, dunkle Augen, ein Lächeln, das Eisberge zum Schmelzen brachte. Ob er sich vielleicht nur deshalb mit ihr traf, weil Einarmige es trotz allem schwer hatten, Mädchen kennenzulernen?

Kaum hatte sie das gedacht, hörte sie hinter sich schon das Holz knarren. Sie fuhr herum – und er stand vor ihr, ebenfalls ein paar Minuten zu früh.

»Hallo!« Er lächelte unsicher.

»Hallo!«

»Und?« Verlegen ließ er den Blick schweifen. »Was machen wir, wo wollen wir hin? Wieder am See entlang? Einmal rundherum?«

Sie musste lachen. Für einmal rund um den See hätten sie drei Tage gebraucht. »Von mir aus auch zweimal.«

»Gut! Dann eben zweimal.« Er marschierte los, und sie hatte Mühe, mit seinen langen Beinen Schritt zu halten. Bis er es merkte. Gleich wurde er langsamer. »Sorry!«

»Macht doch nichts.«

Das war's dann aber auch schon. Von da an wussten sie nicht mehr, worüber sie reden sollten. War ja irgendwie seltsam das Ganze: Zwei, die sich so wenig kannten, plötzlich verabredet miteinander. Sie konnten doch nicht immer weiter nur über Musik, Filme und Lehrer sprechen.

Zwei, drei Minuten dauerte sie an, diese peinliche Schweigsamkeit, bis Feri sich endlich zusammenriss und kühn fragte: »Willst du mir vielleicht jetzt erzählen, wie das mit deinem Arm passiert ist? Ich meine, das ist ja irgendwie wichtig, oder?«

Wenn sie sich für ihn interessierte – und warum sonst sollte sie sich ein zweites Mal mit ihm getroffen haben? –, konnte ihr doch dieser Unfall nicht gleichgültig sein.

Er pustete sich die Locke aus der Stirn, als hätte er genau diese Frage befürchtet. »Aber da gibt's ja eigentlich gar nicht viel zu erzählen ...«

»War's ein Autounfall?«, tastete sie sich weiter vor.

Erst sagte er gar nichts, dann nickte er. »Ja, mit dem Auto ... Ging aber alles ganz schnell und ich war ja auch noch ziemlich klein. Erinnere mich gar nicht mehr daran.«

»Und deine Eltern? Ich meine, sind sie dabei – umgekommen?«

Wieder zögerte er, dann sagte er leise: »Ja.« Aber das so, dass deutlich wurde, wie ungern er darüber sprach.

Eine schlimme Geschichte, was sollte sie denn dazu sagen? »Und deine Großeltern? Ich meine, wenn du schon keine Eltern mehr hast, dann hast du doch ganz bestimmt noch Großeltern. Warum haben die dich denn nicht zu sich genommen?«

War wohl eine Frage zu viel. Jetzt antwortete er noch unwilliger. »Ganz am Anfang, da kam öfter mal 'ne alte Frau ins Heim ... Aber die sprach kein Deutsch. Hab kein Wort verstanden ... Irgendwann kam sie dann nicht mehr, und es hieß, sie sei gestorben. Keine Ahnung, warum sie mich nicht zu sich genommen hat, weiß ja nicht mal mehr, wie sie aussah.«

Das musste seines Vaters Mutter gewesen sein. »Und die Eltern deiner Mutter?«

»Sag mal, biste immer so neugierig?«

»Nicht in jedem Fall. Aber manchmal schon.« Sie wurde rot, als sie das sagte, doch warum sollte sie nicht zugeben, dass er für sie nicht *jeder Fall* war? Tags zuvor war sie seinetwegen um die Jugendherberge herumgeschlichen, jetzt hatte sie lange vor der Zeit auf dem Steg der alten Schiffsanlegestelle auf ihn gewartet. Was gab's da noch zu verstecken?

Zum dritten oder vierten Mal schob er sich die widerspenstige Locke mit der Hand aus der Stirn, als würde er sie auf diese Weise besser bändigen können. »Na ja, meine Mutter, die hatte ja schon lange keine Eltern mehr ... Und Geschwister, Onkel, Tanten auch nicht. Aber fang jetzt bloß nicht an zu heulen. Alles nichts Besonderes, könnte dir jede Menge solcher Geschichten erzählen. Im Direktionszimmer werden sie gestapelt.«

Eine ziemlich klare Bitte, endlich das Thema zu wechseln.

»Und im Heim?«, wagte sie da nur noch zu fragen. »Wie ist's denn da so? Kann mir das gar nicht richtig vorstellen.«

»Na, wie schon?« Er zuckte die Achseln. »Nicht viel anders als in der Schule. Mit manchen Typen kommt man aus, mit anderen eher nicht.« Sagte es, griff plötzlich nach ihrer Hand und ließ sie nicht mehr los. »Aber jetzt lass uns wirklich von was anderem reden! Sonst verderben wir uns noch den ganzen schönen Abend.«

Dass er ihre Hand nahm, überraschte und freute sie. Außerdem: Wie hätte sie denn kein Verständnis dafür haben sollen, dass er nicht gern über das Ganze sprach? »Und wie alt bist du jetzt?«, wollte sie nur noch wissen.

»Siebzehn. Seit drei Wochen.«

»Ich schon seit drei Monaten.«

Da grinste er endlich wieder. »Wow! Was für 'n Altersunterschied! Könntest mich ja glatt adoptieren. Darfst nur nicht verlangen, dass ich Mutti zu dir sage.«

So liefen und liefen sie und redeten viel, alles wie tags zuvor. Nur eben diesmal Hand in Hand. Und irgendwie war das schön.

Den Uferweg verließen sie bald, der dichte, dunkle Wald passte besser zu ihrer Stimmung. Dazu der im späten Sonnenschein goldglänzende See, der hin und wieder durch die Bäume schimmerte – ein irre schöner Anblick.

Auf einer Anhöhe stand eine Bank. Sie stiegen hinauf, keuchend, aber immer weiter Hand in Hand. Als sie endlich saßen, lag der See so tief unter ihnen, als würden sie ihn vom Flugzeug aus betrachten. Schweigend genossen sie diesen Anblick, bis Feri mal wieder ihre Neugier nicht zügeln konnte. Was Milan denn später mal werden wolle, fragte sie. Sicher hatten Einarmige es auch in dieser Hinsicht nicht gerade leicht.

Er erzählte, dass er der Schule nach dem MSA einen »Tritt« gegeben habe. »Hatte mich alles nur noch gelangweilt. Bin jetzt Auszubildender, will Dekorationsmaler werden. Konnte schon immer gut zeichnen und hab mich viel mit Farben beschäftigt.«

»Zeichnen?«, staunte sie. »Mit links?«

»Klar!« Er grinste mal wieder. »Was hast du denn gedacht? Mach dein Hobby zum Beruf, dann musste nie mehr arbeiten, sagt Mister Pritt, einer unserer Erzieher. Aber im Ernst: Ist ja alles reine Übungssache. Was einem Spaß macht, das kann man eben irgendwann. Gibt ja sogar Maler, die mit dem Fuß oder dem Mund malen.«

Noch eine Frage, die sie unbedingt loswerden musste: »Und warum hat man dir keine Prothese verordnet? Im Fernsehen haben sie mal solche Dinger gezeigt. Allerneuste Erfindungen. Sogar schreiben kann man damit. Und sicher auch zeichnen.«

Sein Grinsen verblasste. »Erstens, weil ich keine brauche, zweitens, weil ich keine will.« Offensichtlich war auch das ein Thema, über das er nicht gern sprach.

Doch sollte sie sich mit dieser Antwort zufriedengeben? Wenn sie miteinander reden wollten, dann durfte es doch nicht immer nur um irgendwelche Belanglosigkeiten gehen. »Und warum willst du keine? Ich meine, damit hättest du´s doch viel leichter.«

»Na, weil so ein künstliches Ding mich stören würde. Anschnallen, abschnallen ... Bin nun mal 'n Einarmiger – na und? Kann damit bestens leben.«

Ein Kinnhaken, der sie verstummen ließ. Wenn sie

ihn auch nicht ganz verstand, irgendwie imponierte ihr diese Haltung.

»Und du?«, fragte er da. »Was machst du? Gehst du noch zur Schule?«

»Sieht man mir das an?«

»Ja. Steht dir gut.« Endlich grinste er wieder. »Machst wohl bald Abi?«

»Nächstes Frühjahr.«

»Und dann?«

»Dann geh ich zum Film, was sonst?« Sie wollte ihm beweisen, dass auch sie Humor hatte.

Er lachte nicht. »Denkst wohl, du bist nicht schön genug?«

»Wieso denn? Es gibt viele tolle Schauspielerinnen, die nicht wie Zuckerschnecken aussehen.« Warum hatte sie diesen blöden Scherz gemacht? Hatte sie aus ihm irgendein Kompliment herauskitzeln wollen?

»Für mich bist du aber doch 'ne Zuckerschnecke.« Er musste gespürt haben, was in ihr vorging. »Sogar 'ne ganz besonders verlockende. Weißte, warum?«

»Nee.«

»Aus drei Gründen. Erstens: Du hast 'ne ganz tolle Stimme.«

Was hatte sie? Eine tolle Stimme? Wollte er sie mitten im August in den April schicken? Das hatte ihr ja noch niemand gesagt.

»Doch!«, beharrte er. »Du hast 'ne ganz tolle Stimme. Gestern, als du zu mir gekommen bist, hab ich gleich gedacht: *Die* Stimme musste schon mal irgendwo gehört haben. Aber das konnte ja gar nicht sein, ich hätte mich doch daran erinnert, wenn wir uns vorher schon mal begegnet wären.«

»Spinnst ja!« Sie lief rot an, obwohl es dafür eigentlich gar keinen Grund gab. »Außerdem: Ist die Stimme denn überhaupt so wichtig?«

»Na, und ob! Fast jeden Charakter kannst du schon an der Stimme erkennen. Wer im Heim aufwächst, weiß das.«

»Und wie klingt meine Stimme?«

»Ein bisschen rau, 'n bisschen warm und ziemlich klug.«

Sollte sie das bezweifeln? Klang ja alles gar nicht schlecht. »Und der zweite Grund?«

»Du riechst gut.«

»Waas?« Jetzt wäre ihr fast der Unterkiefer runtergeklappt. Woher wollte er denn wissen, wie sie roch? So nahe waren sie sich doch noch gar nicht gekommen.

Er hob ihre Hand an seine Nase. »Ja«, sagte er danach zufrieden, »hab mich nicht getäuscht: Du riechst gut.«

»Aber ich nehme doch gar keine Düfte oder so 'n Zeug.«

»Umso besser!« Er strahlte sie an, dass seine dunklen Augen blitzten. »Dann ist's dein ureigener Geruch, der auch die nächsten hundert Jahre so bleibt.«

»Komiker!« Sie konnte nur noch den Kopf schütteln. Doch natürlich war das sehr schön, was er da gesagt hatte. »Und der dritte Grund?«

»Den kennst du.«

»Nein.«

»Doch! Deine Augen. Oder habt ihr zu Hause keinen Spiegel?«

Da wusste sie gar nicht mehr, wie ihr zumute sein sollte. Sie hatte geglaubt, dass er gleich als Erstes ihre Augen anführen würde. Nur vier Prozent aller Menschen hatten grüne Augen, hatte sie mal irgendwo gelesen. Er aber fand Stimme und Geruch wichtiger.

»Und was willst du machen, wenn sie dich beim Film nicht nehmen?« Er spielte das Spiel weiter, hatte offensichtlich Spaß daran, mit ihr über sie zu reden.

»Physik studieren.«

»Ist das denn was für Mädchen?«

Bingo: ihre Lieblingsfrage! Wie oft hatte sie die schon zu hören bekommen. »Warum denn nicht?«, zischte sie ihn an. »Gab schon früher tolle Physikerinnen. Die sind nur nicht so bekannt geworden, weil ihre Herren Kollegen sich immer so clever in den Vordergrund gedrängt haben.«

»Aua!« Er tat, als hätte sie ihm eine runtergehauen.

»Na, ist doch wahr!« Sie lachte nicht. »In Naturwissenschaften war ich schon immer gut. Talent ist Interesse, soll Bertolt Brecht mal gesagt haben.«

»Bertolt Brecht?« Er stellte sich dumm. »Geht der in deine Klasse?«

Da musste sie doch lachen, und gleich strahlte er sie wieder an. »Ehrlich, Feri: Ich find dich total gut! Gestern Mittag, im Biergarten, hab ich noch gedacht: Das Mädchen dort, das würdeste gern kennenlernen. Nur 'n paar

Stunden später bist du gekommen, als hätte dich wer zu mir geschickt. Die reine Magie!«

Ein Schauer rann ihr über den Rücken. Sagte er das nur, um sie weich zu reden und allmählich zu irgendwelchen Zärtlichkeiten übergehen zu können? Wenn ja, warum denn nicht?

Ja, und da flüsterte er auch schon: »Feri?« Es klang wie eine Frage oder Bitte.

Sie tat, als hätte sie nichts gehört, und er flüsterte ein bisschen lauter: »Feri, weißt du, ich ... ich hab das alles nicht nur so gesagt, du ... du gefällst mir wirklich *unheimlich* gut.«

Jetzt musste sie ihn doch anblicken und begriff, dass er ihr nichts vormachte. Einen so guten Schauspieler konnte es gar nicht geben.

»Du mir ja auch«, brachte sie nur heraus – und im gleichen Moment beugte er sich vor und küsste sie. Zuerst eher fragend, wie um sie um ihre Einwilligung zu bitten, dann – als er sie hatte – sich vorsichtig mit seiner Zunge immer weiter in ihren Mund vortastend. Aber das war ganz anders als damals mit Gerrit, als sie beim ersten Kuss glaubte, sie würde ersticken, und auch anders als mit Björn, der in ihrem Mund herumgefuhrwerkt hatte, als wollte er darin einen Graben ausheben. Milan küsste sie so sanft und zärtlich, dass sie ihn schon bald auf genau dieselbe Weise zurückküsste.

Mitten im Spiel ihrer Zungen machte er ihr dann noch ein viertes Kompliment: »Du schmeckst auch gut.«

Tolle Stimme, toller Duft, tolle Augen – und nun

schmeckte sie auch noch gut! Hatte sie je zuvor an einem einzigen Tag so viel Honig löffeln dürfen? Sie musste lachen – »Beiß mir nur nichts ab!« – und verzog dabei den Mund. Er küsste sie dennoch weiter – und schob irgendwann seine Hand unter ihr T-Shirt.

Aber auch dagegen wehrte sie sich nicht. War ja schön, so liebe- und respektvoll gestreichelt zu werden …

Eine eiskalte Frage

Wie sie an diesem Abend gemeinsam heimwärts gingen! Immer noch Hand in Hand, seltsam erhitzt und ohne ein einziges Wort zu reden.

Gab's so etwas denn wirklich? Nichts als ein paar Worte, Küsse und Streicheleien, und schon war in ihr dieses Gefühl, als hätte sie all die Zeit zuvor nichts anderes getan als auf Milan gewartet? Oder redete sie sich das nur ein? Setzte allein diese Ferienstimmung – der Wald, der See, der rote Abendhimmel – Milan diese Krone aufs Haupt?

Er gefiel ihr, da gab es keinerlei Zweifel. Seine Art, sie anzuschauen, sein Bemühen, sie nicht zu verschrecken ... Nicht ein einziges Mal hatte er versucht, weiter zu gehen, als sie wollte; kein doofes Gegrabsche, kein Drängen, ebenfalls gestreichelt zu werden.

Ob er so war, weil er dieses schlimme Schicksal hinter sich hatte? Sie wusste es nicht und wollte es nicht ergründen; er war eben Milan, einer, dem nicht wichtig war, was sie nicht hatte, sondern dem gefiel, wie sie war.

Zum Abschied gab es einen letzten langen Kuss und eine Verabredung für den nächsten Abend – wieder an der alten Schiffsanlegestelle –, dann schlug sie den Weg zu den Eltern ein.

Sie hatten auf der Veranda auf sie gewartet, tranken Wein und redeten leise miteinander. »Na?«, fragte ihr Vater. »Hast ja lange gebraucht. Geht's dir wenigstens besser?«

»Ja, viel besser.« Sie nickte beiden zu, als ob sie wirklich nur einen etwas längeren, einsamen Spaziergang unternommen hatte, und wollte gleich ins Haus, um sich aufs Bett zu werfen und alles, was an diesem Abend geschehen war, noch einmal in sich nachklingen zu lassen.

Ihre Mutter hielt sie fest. »Du glühst ja«, sagte sie besorgt. »Hast du Fieber?« Prüfend legte sie ihr die Hand auf die Stirn.

Es war besser, nichts zu antworten; als die Mutter die Hand zurückzog, war sie beruhigt. »Na, war wohl nur zu viel Sonne heute. Du musst dich morgen besser eincremen.«

»Mach ich! Aber jetzt: Gute Nacht! Bin hundemüde.« Und damit verdrückte sie sich ins Bad, obwohl es noch längst nicht richtig dunkel war; eine Zeit, zu der sie sonst nie schlafen ging.

Jeden Abend, Punkt halb acht, nachdem sie rasch mit den Eltern zu Abend gegessen hatte, stand sie von nun an auf dem Steg der alten Schiffsanlegestelle und wartete auf Milan. Und kein einziges Mal kam er zu spät.

Die Zeit davor – das Baden im See, die Wanderungen mit den Eltern, Frühstück, Mittag- und Abendessen –, alles war geprägt vom Warten auf den Abend; ein Warten, das die Stunden unendlich langsam verrinnen ließ. Würde er denn auch heute wieder kommen? Seine Erzieher, so hatte er ihr schon nach dem dritten Treffen verraten, wunderten sich bereits darüber, wohin er jeden Abend verschwand. Nur weil er stets pünktlich heimkehrte, hatten sie ihm noch keinen Ärger gemacht. Einige seiner Freunde allerdings wussten Bescheid. »Hab 'n bisschen angegeben mit dir«, hatte er ihr am vierten Abend gestanden. »Bin ja bisher der Einzige, der hier ein Mädchen kennengelernt hat.«

Sie wusste nicht, ob ihr das gefallen sollte. Was hatte er seinen Freunden denn über sie erzählt? Hoffentlich hatte er nicht allzu fantasievoll herumgeprahlt.

Zwischen den Treffen telefonierten sie öfter miteinander. Und das jedes Mal besonders ausgiebig nach dem Mittagessen, wenn die Eltern in ihren Liegestühlen lagen. Manchmal begegneten sie sich aber auch tagsüber, im Strandbad oder an der Uferpromenade. Dann durften sie sich nicht verraten, weil sie dann ja nie allein waren. Nur wenn sie sich total unbeobachtet fühlten, leisteten sie sich ein verschwörerisches Einanderzulächeln.

Alles war schön, alles war spannend und von kribbelnder Vorfreude erfüllt. Allein der Gedanke daran, dass es mit ihrer heimlichen Gemeinsamkeit bald vorbei sein würde, störte. Keine Ferien dauerten ewig. Wie sollte es danach mit ihnen weitergehen, Milan in Hamburg, sie in Eschborn? Würden sie sich nicht schon bald aus den Augen verlieren?

Die Eltern ahnten nichts von diesen heimlichen Treffen. Feri hatte keine Lust auf ein »Bring den Jungen doch mal mit«. Weil sie ihnen aber nicht immer weiter irgendwelche einsamen Abendspaziergänge vorschwindeln konnte, hatte sie ihnen schon nach dem ersten richtig langen Treffen erzählt, sie hätte an diesem Abend Jugendliche aus der Jugendherberge kennengelernt. Abend für Abend auf der Veranda herumsitzen, nur mit der Aussicht auf ein eventuelles spätes Badevergnügen, das sei ihr zu langweilig. »In der Herberge ist immer was los«, hatte sie geschwärmt, »da wird Fußball gespielt und geboxt und es läuft eine irre Musik.«

Diese »Flucht vor der drögen Gemütlichkeit ruhebedürftiger Eltern«, so ihr Vater, hatten sie akzeptiert. Obwohl ihre Mutter, wie ihr anzusehen war, solche Alleingänge nicht gut fand.

Natürlich war das Ganze nichts anderes als eine Lüge. Aber wenigstens eine, die nicht aufzufliegen drohte. Selbst wenn die Eltern bei einem ihrer Abendspaziergänge mal *ganz zufällig* an der Jugendherberge vorübergekommen wären, um nach ihr zu schauen, hätte sie tausend Gründe erfinden können, warum sie mal kurz weg war.

Andererseits war das Ganze aber auch ein großer Spaß. Wie Milan und sie, wenn sie sich am Abend endlich wiederhatten, sich jedes Mal erst lange umblickten – zwei dunkle Gestalten, die etwas ganz Entsetzliches planten. Erst wenn sie sicher waren, dass sie allein waren, lachten sie einander zu und Milan legte seinen Arm um sie und küsste sie ohne Ende. Jeden Abend wollte er ihr beweisen, wie sehr er sie in den zurückliegenden Stunden vermisst hatte.

Bekam sie danach endlich wieder Luft, ging's erst ein Stück am See entlang und danach quer durch ihren Hänsel-und-Gretel-Wald. Erst hier fühlten sie sich endgültig sicher; hier hätte sich jeder, der sich ihnen näherte, schon allein durch das Knacken der Zweige unter seinen Füßen verraten. Zuletzt saßen sie jedes Mal auf ihrer Bank.

Sie hatten sich immer noch viel zu erzählen, und nur selten stritten sie, weil einer mit des anderen Meinung nicht einverstanden war. Zwischendurch küssten und streichelten sie einander und noch immer nutzte Milan die Gelegenheit nicht aus.

Das gefiel ihr – und verwunderte sie. Was hatte Caro ihr nicht alles über ihre Abenteuer mit Jungen erzählt, die schon nach dem ersten Kuss glaubten, er sei die Eintrittskarte für alles andere. Egal, wie und wo Milan sie berührte, nie hatte es etwas Forderndes. Im Gegenteil, er behandelte sie so zärtlich und respektvoll, als wäre sie zerbrechlich. Hätte er aber doch mal versucht, weiter zu gehen, ob sie sich sehr dagegen gewehrt hätte? Sie wusste es nicht. Nur eines, das wusste sie sicher: Auf keinen Fall wollte sie mit ihm schlafen. Ein Junge wie er hatte ganz bestimmt keine Kondome dabei. Und wäre er einer von den Typen gewesen, die immer welche einstecken hatten, dann wäre erst recht nichts passiert.

Sie befürchtete nicht, sich bei ihm mit Aids oder so was anzustecken; dafür wirkte er viel zu unerfahren.

Doch wie leicht konnte sie schwanger werden? Und in die Drogerie gehen und sich vorsorglich selbst irgendwelche »Verhütungsmittel« kaufen, damit sie es war, die im Notfall für beide gedacht hatte? Das brachte sie nicht fertig. Allein beim Gedanken daran, wie die Leute an der Kasse sie dann ansehen würden, bekam sie ja schon einen roten Kopf.

Es war gut, wie es war, alles sollte so bleiben. Nur schade, dass es eben nicht mehr lange so bleiben würde. Mit jedem Tag, der verging, rückte der Abend näher, an dem sie voneinander Abschied nehmen mussten, weil die Eltern und sie tags darauf heimfahren würden. Und sie konnte sich beim besten Willen nicht vorstellen, wie ihr Leben danach noch Spaß machen sollte.

Mitten hinein in diese trübe Stimmung, am vorletzten Abend, passierte sie, die Katastrophe. An diesem Abend waren die Eltern tatsächlich noch zu einem Spaziergang aufgebrochen. Das aber nicht, um sie zu kontrollieren; sie wollten nur einfach noch ein bisschen die Abendstimmung genießen. Blöderweise gingen sie einen Weg, den sie zuvor noch nie gegangen waren – links anstatt rechts am See entlang.

Und da muss sie schon nach wenigen Minuten der Schlag getroffen haben: Das Mädchen an der alten Schiffsanlegestelle, war das nicht ihre Feri? Eng umschlungen mit einem ihnen völlig unbekannten Jungen stand sie da, tief im Kuss versunken.

Milan und sie bekamen gar nicht mit, dass die Eltern

sie entdeckt hatten. Und auch nicht, wie sie leise kehrtmachten, um nun doch lieber rechts am See entlangzuspazieren. Erst nach ihrer Heimkehr, da traf es Feri mit voller Wucht.

Doch auch zuvor – kein schöner Abend. Nur noch ein einziges Treffen, dann war alles vorbei. Dieser Gedanke nagte an ihnen.

Ja, sie würden viel miteinander telefonieren und sich jede Menge SMS schicken. Aber war das ein Trost?

Und gegenseitige Besuche? Zwar lag zwischen Hamburg und Eschborn kein Ozean, aber wo sollte Milan übernachten, falls er angereist kommen würde? Die Eltern wussten ja noch nicht mal, dass es ihn gab. Und selbst, wenn sie ihnen von ihm erzählt hätte, was wäre er anders für sie gewesen als ein fremder Junge, den ihre Tochter gerade mal knapp zwei Wochen kannte? Und fuhr sie zu ihm, das gleiche Problem: Dann musste ja auch sie erst mal eine Unterkunft finden. Nein, vorläufig blieb ihnen gar nichts anderes übrig, als einander alle paar Minuten zu schwören, ihre Handys heiß glühen lassen zu wollen. Wenigstens hören mussten sie einander, wenn sie sich schon nicht sehen konnten.

In dieser Stimmung, mehr am Boden als im Himmel, kehrte sie an jenem Abend ins Ferienhaus zurück. Auf der Veranda aber saßen nicht die Eltern, auf der Veranda erwartete sie das hohe Gericht. Zwar blickte Feris Vater eher verwundert, so, als hätte er an seiner Tochter etwas entdeckt, was ihm zuvor noch nie aufgefallen war. Ihre Mutter aber gab sich keinerlei Mühe, zu verbergen, wie enttäuscht und verletzt sie war. »Na?«, fragte sie sofort. »War's schön in der Jugendherberge? Habt ihr wieder Fußball gespielt? Oder Musik gehört?«

»Nein!« Wozu sich dumm stellen? Feri hatte weitere Lügen satt. »Hab mich mit Milan getroffen.«

»Milan?« Ihr Vater blickte noch immer, als könne er nicht so recht glauben, dass seine kleine Feri sich bereits mit Jungen traf. »Woher kennst du den Burschen denn? Wo kommt er her?«

»Er wohnt in der Jugendherberge.« Sie spürte schon, wie es in ihr zu brodeln begann. Musste sie sich denn überhaupt rechtfertigen? Was hatte sie Schlimmes getan? Sie war siebzehn und hatte sich mit einem Jungen getroffen. Na und? Der Junge und sie hatten sich geküsst und gestreichelt – noch mal: Na und? Einzig und allein ihre Heimlichtuerei musste sie sich vorwerfen lassen. Aber warum hatte sie denn nichts gesagt? Einfach, weil es Dinge gab, die sie erst mal mit sich selbst abmachen musste, bevor sie darüber reden konnte.

»In der Jugendherberge!« Wieder ihr Vater. »Na, dann hast du uns ja nur ein ganz kleines bisschen belogen. – Gibt's eventuell noch irgendwas, das wir wissen sollten?«

»Die Jungen kommen aus Hamburg. Sie ... sie leben in einem Heim, weil sie fast alle keine Eltern mehr haben.«

Keine Auskunft, die die Eltern hätte zufriedenstellen können. Aber was hätte Feri denn sonst sagen sollen? Sie sah ihrer Mutter ja an, wie verraten sie sich fühlte. War doch immer ihr Wunschtraum gewesen: eine Tochter, die ihr alles, aber auch *alles* erzählte.

»Ist dieser – wie heißt er noch? Milan? – denn auch eine Waise?« Offenbar wusste der Vater nicht, was er sonst noch fragen sollte.

»Ja. Es war ein Unfall. Auf der Autobahn. Seine Eltern sind tot und er hat dabei einen Arm verloren. Er war damals aber noch sehr klein.«

»Ach, der Einarmige!« Feris Vater erinnerte sich, Milan im Biergarten und im See gesehen zu haben. »Hab mich gewundert, wie gut er schwimmen kann.« Einen Moment lang schien er Milan vor sich zu sehen und nicht unsympathisch zu finden, dann brach der Ärger erneut in ihm durch. »Dennoch: Warum hast du uns belogen? Dass du mal einen Jungen kennenlernst, der dir gefällt, na ja, dagegen ist schwer was zu machen. Und dagegen hat ja auch keiner was. Dein mangelndes Vertrauen allerdings, das verletzt uns.«

Es sagte das so traurig, dass er ihr fast leidgetan hätte. Doch jetzt mit den Eltern darüber diskutieren, ob sie verpflichtet war, ihnen immer alles sofort zu beichten, wenn in ihrem Leben mal etwas Besonderes passierte?

Feris Mutter hatte lange geschwiegen, dann, als sie endlich wieder den Mund aufmachte, kam sie, die Frage, die mit einem Schlag alles veränderte: »Hast du mit ihm geschlafen?«

Eine Frage wie ein Tritt in den Bauch. Feri blieb die Luft weg. Wie durfte sie denn so etwas gefragt werden? Trauten die Eltern ihr denn jede Dummheit zu? Sie war noch keine vierzehn gewesen, da hatte ihre Mutter sie aufgeklärt; sie hatte ihr von zu frühem Sex abgeraten und sie über alle möglichen Geschlechtskrankheiten und die sichersten Verhütungsmethoden informiert. Gespräche, die sie immer toll gefunden hatte. In der Schule hatten sie sich ja nur eine einzige Unterrichtsstunde lang mit diesem Thema befasst; ein reiner Verlegenheitsunterricht, der in Gelächter endete, als jeder ein Kondom über eine Banane ziehen musste. Andere Mütter waren diesem Thema viel länger aus dem Weg gegangen. Caros Mutter hatte sogar nur eines von diesen Aufklärungsbüchern gekauft und es Caro – zu dieser Zeit in der Klasse längst die unangefochtene Expertin in all diesen Dingen – auf den Schreibtisch gelegt. Jetzt jene eiskalte Frage. Die Mutter verlangte, dass ihre Tochter ihr blindlings vertraute, hatte aber selbst kein Vertrauen zu ihr …

Mehrere Sekunden lang starrte Feri die Eltern nur an, dann drehte sie sich um und lief davon. Zu Milan.

Schnelle Sache

Längst breitete sich die Dämmerung aus, über dem See lag dichter Abendnebel. Als wären irgendwelche Wassergeister hinter ihr her, so hastete sie vorwärts. Dabei musste sie achtgeben, über keine der vielen aus der Erde ragenden Baumwurzeln zu stolpern. Dann, vom raschen Laufen gänzlich außer Atem, stand sie vor dem grünen Drahtzaun, der die Jugendherberge vom schon ziemlich finster wirkenden Wald trennte.

Es wurde mal wieder Fußball gespielt. Und das, obwohl doch schon längst nicht mehr viel zu sehen war. Anfeuerungsrufe, fröhliches Gejohle und lauter Jubel drangen zu ihr hin.

War Milan dabei? Spielte er mit? Sie musste mit ihm reden. Mit wem denn sonst? Die Eltern, dieses hohe Gericht, das sie anklagte, sich nicht so verhalten zu haben, wie es von ihr erwartet wurde, verstanden sie nicht. Und sie verstand die Eltern nicht. Konnte sie einfach nicht verstehen. Diese kalte Frage: Hast du mit ihm geschlafen ... Was, wenn sie Ja gesagt hätte? Wäre dann die Welt eingestürzt?

Ja, es war nicht richtig gewesen, den Eltern Abend für

Abend etwas vorzulügen. Aber was, wenn sie ihnen von Milan erzählt hätte? All die neugierigen Fragen, die dann auf sie herabgeprasselt wären; ein richtiges Verhör wäre das geworden. Und sicher hätte ihre Mutter gleich wieder über die diversen Verhütungsmethoden reden wollen, obwohl sie doch längst Bescheid wusste. War es denn ein Verbrechen, sich erst mal für sich selbst – also ohne die Eltern – über ihn und sich klar werden zu wollen?

Der Ball kam über den Zaun geflogen, sie lief ihm nach und hob ihn auf.

»Wirf ihn her.« Ein von dem wilden Spiel erhitzter, hellblonder Junge kam angelaufen. Schiefen Blicks sah er sie an, voller Erwartung hob er die Hände.

Sie hielt das gute Stück erst mal fest. »Spielt Milan auch mit?«

»Na, was denn sonst?« Er winkte ungeduldig; sie sollte den Ball endlich rausrücken.

»Bitte sag ihm, dass ich hier auf ihn warte.«

»Und *wer* ist *ich*?« Jetzt grinste er, dieser schmale und – obwohl er so erhitzt war – eher blasse Junge. »Hast du vielleicht so was wie 'nen Namen?«

Sie zögerte. War er einer von denen, die Bescheid wussten, auch wenn Milan niemandem verraten hatte, mit welchem Mädchen er sich jeden Abend traf? »Den musst du nicht wissen.«

»Ach so. Alles klar! Du bist das.« Gleich grinste er noch breiter und dann studierte er sie von Kopf bis Fuß; ein, wie sie fand, ziemlich unangenehmer Blick.

»Ja, ich bin das!« Sie warf ihm den Ball zu, lehnte

sich mit dem Rücken an einen Baum und blickte finster. »Aber jetzt beeil dich, sonst komm ich zu spät zum Frühstück.«

Er muss sich dann wirklich sehr beeilt haben, nicht lange, und Milan stand vor ihr. Mit hitzegerötetem, lachendem Gesicht. Doch sah er ihr sofort an, dass es Ärger gegeben hatte. Sein Lachen verblasste und im Nu war er über den Zaun gestiegen, nahm sie an der Hand und lief mit ihr in den Wald. Erst als sie nicht mehr beobachtet werden konnten, blieb er stehen und wollte wissen, was passiert war.

Im Eiltempo redete sie sich alles von der Seele, und während ihre Worte sich überstürzten, kochte die Wut neu in ihr hoch: Was, zum Teufel, hatte sie Schlimmes getan? Sie, Feri Matthay, siebzehn Jahre alt, hatte sich in einen Jungen verliebt und sich mehrmals heimlich mit ihm getroffen. Sie hatten sich geküsst und gestreichelt und sonst kaum etwas; also absolut keine Gefahr für ihr Jungfernhäutchen. Hätte sie dazu etwa zuvor den Segen ihrer Eltern einholen müssen?

Sie heulte nicht, während sie sich bei Milan beschwerte, doch sah er ihr an, wie aufgewühlt sie war. Um sie zu trösten, küsste er sie, und dabei gingen sie immer tiefer in den Wald hinein. – Wie genoss sie es, dass er so völlig auf ihrer Seite stand; ununterbrochen redete sie weiter. Warum sie den Eltern ihre Treffen so lange verschwiegen hatte, verriet sie ihm, und weshalb es ihr schwergefallen sei, ihre Liebe zu ihm in Worte zu kleiden. »Weiß ja nicht, ob's dir auch so geht, aber ich ... wenn ich an dich denke, dann ... na ja, dann wird's mir ganz komisch im Bauch. Am liebsten würde ich immer mit dir zusammen sein, von morgens bis abends und ...« Sie holte tief Luft: »... und auch in der Nacht.«

Gab ja nichts mehr zu verheimlichen; wenn er nicht blind und taub war, wusste er längst, wie verknallt sie in ihn war.

Wieder küsste er sie lange, und dann flüsterte er so dicht an ihrem Ohr, als dürften dieses Geständnis nicht mal die Bäume hören, dass es ihm ganz genauso gehe. »Seit ich dich kenne, hat sich für mich so vieles verändert ... Wache ich morgens auf, freue ich mich, dass es dich gibt und du mich magst. Und abends, vor dem Einschlafen, auch.«

Sein Atem kitzelte sie im Ohr, und da passierte es: Eine heftige Erregung hatte sie mit einem Mal erfasst, breitete sich unter ihrer Haut aus, kribbelte und juckte überall. Und da war ihr plötzlich alles egal. Sie presste sich so eng an Milan und küsste ihn so fordernd zurück, dass auch seine Erregung wuchs, wie sie deutlich spüren konnte. Und in diesem Augenblick wusste sie, dass sie genau das wollte, was jetzt passieren würde.

Es war nur ein sehr kurzes, heftiges, eher unbeholfenes Zusammensein. Eine *schnelle Sache*; kaum hatte sie den Schmerz gespürt, mit dem sie schon gerechnet hatte, war Milan bereits in ihr gekommen.

Viel schöner war das Danach, dieses Nah-Beieinanderliegen. Milan küsste und streichelte sie immer wieder – ihre Brüste, ihren Bauch, ihre Schenkel – und sie küsste und streichelte ihn auch. Beide waren sie völlig nackt. Er hatte sie ausgezogen und sie ihm dabei geholfen, und danach hatte sie ihn ausgezogen.

Lange, sehr lange redeten sie nichts. Jeder Kommentar, jede Frage hätte gestört. Sie wollten nur immer weiter so daliegen und einer den anderen spüren. War ja eine sehr schöne, warme Sommernacht. Wie der Mond durch die Baumkronen schielte! Fast so, als hätte er sie die ganze Zeit über beobachtet.

Nein, sie bereute nichts. Im Gegenteil, sie genoss dieses Nacktsein Haut an Haut. Waren Milan und sie nicht Adam und Eva im Paradies? Dann aber, ganz plötzlich, sah sie ihre Mutter vor sich. *Hast du mit ihm geschlafen*? Diese Frage war es gewesen, die sie so verletzt hatte. Jetzt aber, im Nachhinein, hatte sie doch noch ihre Berechtigung gefunden. Und vielleicht war es ja überhaupt nur deshalb passiert – gerade *weil* die Mutter sie das gefragt und damit so böse verletzt hatte. Es war ja ganz allein sie, Feri, gewesen, die mit einem Mal bis über alle Grenzen gehen wollte. Hätte sie Milan nicht so fordernd an sich gepresst, wäre garantiert nichts passiert. – Also eine Trotzreaktion? Jetzt soll passieren, was ihr befürchtet habt, weil ich tun und lassen kann, was ich will, da ich schon lange kein Kind mehr bin?

Vielleicht ja, vielleicht nein. Nur eines stand fest: Es hatte auch – oder besser: vor allem – mit Milan zu tun. Wie er sie getröstet, wie er sie geküsst hatte, wie er ihr ganz deutlich gezeigt hatte, dass er auf ihrer Seite stand … Kein Wunder, dass auch sie ihm nahe sein wollte; so nahe, wie es näher nun mal nicht ging.

So beruhigte sie sich selbst. Bis etwas anderes ihr zusetzte: Milan und sie, in keinster Weise hatten sie verhütet! Das Ganze war ja nicht irgendwie geplant gewesen; es war einfach über sie gekommen. Aber was, wenn sie von dieser schnellen Sache schwanger geworden war? Eigentlich ein lächerlicher Gedanke – sie, die kleine Feri, die noch kaum einen Busen hatte, schwanger –, aber rein theoretisch war so etwas möglich.

Eine Furcht, die sich nicht so einfach beiseiteschieben ließ. Um sie aus dem Kopf zu bekommen, sah sie Milan an. Die im Mondlicht glänzenden dunklen Augen, die schwarze Lockenpracht, die sie ihm, als sie aufeinanderlagen, so zerzaust hatte – sie küsste ihn und flüsterte ihm zu: »War's auch für dich das erste Mal?«

Er nickte nur still.

Sie hatte sich das gedacht und schloss noch mal die Augen. Nur keine bösen Gedanken! Was sie in dieser Nacht erlebt hatte, war ja etwas ganz Besonderes. Noch als alte Frau würde sie sich an ihr erstes Mal erinnern.

Doch nur noch zwei, drei Minuten lag sie so da. Dann stand sie kurz entschlossen auf, fuhr sich mit einem Papiertaschentuch zwischen die Schenkel und zog sich an. »Ist schon spät. Hoffentlich bekommst du keinen Ärger. Ich hab meinen ja schon weg.«

Nur sehr langsam richtete auch er sich auf. »Bis morgen?«

Sie lachte froh. »Bis morgen und übermorgen und überübermorgen. Oder?«

Da lächelte er auch. »Was denn sonst?«

Auf der Treppe

Es muss schon gegen Mitternacht gewesen sein, als sie in den Garten zurückschlüpfte. Und wie sie es sich gedacht hatte, die Eltern saßen noch auf der Veranda. Im Mondschatten kaum zu erkennen und längst in Schlafanzügen. Sicher wollten sie nicht ins Bett gehen, solange ihre Tochter nicht heimgekehrt war.

Feri atmete tief ein und stellte auf stur. Ohne ein Wort zu sagen, ging sie ins Bad, duschte ausgiebig und betrachtete sich danach lange im Spiegel: Hatte sich in ihrem Gesicht irgendwas verändert? – Nein, nichts, nur erhitzt war sie noch immer. Aber das konnte auch vom Duschen kommen.

Wenige Minuten später lag sie in Slip und T-Shirt auf ihrem Bett, um die Hitze in sich abklingen zu lassen, und wartete. Als sie an ihnen vorüberging, hatten die Eltern ihr nur still nachgeblickt, doch bestimmt würde ihre Mutter bald kommen, um mit ihr zu reden. Gelegenheit, ihr zu sagen, was passiert war, und dass ihre Frage im Nachhinein gar nicht so unberechtigt gewesen war?

Lieber nicht! Allzu viel Ehrlichkeit ist ungesund; einer von Caros Sprüchen.

Die Szene im Wald: Wie in einer Endlosschleife ließ sie alles noch mal in sich abspulen. Also das war es gewesen, ihr erstes Mal. Und? Wie war ihr zumute?

Erneut fiel ihr Caro ein. Sie hatte erzählt, bei ihrem ersten Mal hätte sie danach das Gefühl gehabt, ein Erdrutsch wäre über sie niedergegangen, hätte sie total verschüttet und wie neugeboren wieder auferstehen lassen. Aber Caro übertrieb ja immer. Über sie, Feri Matthay, war kein Erdrutsch niedergegangen. Eigentlich war gar nichts *Großes* passiert, das Ganze war doch eher ein kurzes Keuchen und Ausprobieren gewesen, verbunden mit einem kleinen Schmerz. Schön war nur das Danach gewesen …

Wieder überkam es sie: Wie leichtsinnig sie gewesen waren! Beim Sex gab's kein *Einmal ist keinmal*; manchmal, so Caro, reiche schon ein heißer Blick.

Aber Caro hatte gut reden. Seit sie mit Timothy zusammen war – und die Geschichte zwischen den beiden dauerte nun schon fast zwei Jahre –, nahm sie die Pille. Sie hatte sie sich praktisch selbst verschrieben, hatte ihrer Mutter gesagt, dass sie endlich mal mit Timothy schlafen wolle, und sie gebeten, mit ihr zum Frauenarzt zu gehen. Ihre Mutter sollte ihr zur Seite stehen, weil sie damals ja erst fünfzehn war und der Arzt nicht erst lange herumlabern sollte, von wegen zu jung und so weiter. Doch hatte der gar nicht gelabert, sondern schon nach einem einzigen kurzen Blick auf Caro das gewünschte Rezept ausgestellt.

Hätte sie, die kleine Feri Matthay, sich etwa vor den

Ferien endlich auch die Pille verschreiben lassen sollen? Einfach so, auf Verdacht? Oder hätte sie, bevor sie zu Milan lief, erst noch rasch Kondome kaufen sollen, um für alle Fälle gerüstet zu sein?

Ein Gedanke, bei dem sie beinahe laut aufgelacht hätte. Was für ein Bild: Sie in der Apotheke – musste ja eine Apotheke sein und noch dazu eine, die Notdienst hatte, Drogerien hatten um diese Zeit längst geschlossen – und wie dieser *Notdienst* über ihren *Notfall* staunte ... Die reinste Teenie-Komödie!

Andererseits: Es war ja noch nicht zu spät. Wozu gab's die »Pille danach«? Sogar rezeptfrei bekam man die und schon ab vierzehn, und bis zu drei Tagen danach sollte sie wirken. Beste Möglichkeit, sich aller Sorgen zu entledigen: Hin zur Apotheke, Geld auf den Tisch, Pille in den Mund, Schluck Wasser drauf und nichts konnte mehr passieren. Nur: Was für eine peinliche Angelegenheit! Noch viel peinlicher, als nur eine Packung Kondome zu kaufen.

Ach, alles Quatsch! Warum dachte sie so einen Blödsinn? War doch mehr als unwahrscheinlich, dass es gerade bei ihr gleich beim ersten Mal klick gemacht haben sollte. Wie viele Paare gab es, die unbedingt ein Kind bekommen wollten und an allen dafür geeigneten Tagen miteinander schliefen, und was passierte? Nichts! Und da sollte bei dieser schnellen Sache mit Milan gleich was passiert sein? Nur wenn irgendein böser Gott sie verhext hatte.

Endlich hörte sie die Eltern die Veranda verlassen, die Tür abschließen und zu Bett gehen. Danach: totale Stille. Also kam niemand mehr, waren die Eltern noch immer beleidigt? Oder sie wollten die *notwendige Diskussion*, wie sie das gern nannten, auf den Morgen verschieben ...

Ihr kamen die Tränen. Warum war das alles nur so? Weshalb konnten die Eltern und sie so selten richtig miteinander reden? Oder war das ab einem gewissen Alter immer so zwischen Kindern und Eltern? Edda lebte ja auch ihr eigenes Leben, ging in ihren Sportverein und traf sich mit Freunden, die ihre Eltern nicht mal dem Namen nach kannten. Und wenn sie versuchten, sie über ihre Freunde auszufragen, antwortete sie im SMS-Stil. Und Caro? Die machte seit jeher, was sie wollte, und ihre Mutter, die von Caros Vater schon seit einer halben Ewigkeit geschieden war, akzeptierte das, prahlte sogar damit, was für eine selbstständige Tochter sie hatte.

Ihr wurde noch heißer; die Hitze in ihr, sie wollte einfach nicht abklingen. Zornig darüber, dass alles so war, wie es war, stand sie auf, trat ans Fenster und öffnete es weit. Frische Luft vom See drang zu ihr rein, sie trank sie wie ein Glas Wasser und musste daran denken, wie die Eltern sich kennengelernt hatten: zwei Studenten, die in derselben Studentenkneipe verkehrten und gemeinsame Bekannte hatten. Keine Blitzliebe wie bei Milan und ihr, eher eine, die nur langsam wuchs, sich dann aber immer mehr verfestigte. Jetzt waren die Eltern schon seit über zwanzig Jahren ein Paar und alles in ihrem Leben hatten sie gemeinsam geplant. So war von Anfang an klar gewesen, dass Carsten Matthays Frau auch nach der Hochzeit ihrem Beruf nachgehen wollte. Deshalb ihre Forderung: nicht mehr als ein Kind. Und das, obwohl der Vater lange auch von einem Sohn geredet hatte, mit dem er samstags ins Fußballstadion gehen konnte. Bei seiner Tochter war er damit ja nicht auf viel Gegenliebe gestoßen. Die Mutter aber hatte sich durchgesetzt, kein zweites Kind, weil eine eigene Zahnarztpraxis sonst kaum denkbar gewesen wäre. – Und so ging es weiter, immer wurde alles geplant; erst der Beruf, dann das Privatleben. Keine Ferien, die nicht schon im Jahr zuvor fest eingeplant und gebucht wurden, kein spontanes Ausbrechen aus dem Alltagseinerlei. Ja, und eine Feri, die aus der Reihe tanzte und maulte, weil ihr diese ewigen Planungen auf den Wecker fielen oder sie sich ein Brüderchen oder Schwesterchen gewünscht hätte? Undenkbar!

Bis jetzt. Jetzt war sie doch mal aus der Reihe getanzt, wenn auch auf eine ganz andere Art, als sie es sich je hätte vorstellen können.

Als sie dann endlich doch noch eingeschlafen war, plagte sie ein Albtraum: Sie schwamm im Meer, doch war dieses weite, unendliche Meer anfangs nur der See gewesen, und die Eltern hatten am Ufer gestanden und ihr zugerufen, sie solle zurückkommen, so weit hinauszuschwimmen sei viel zu gefährlich. Sie aber wollte fort von ihnen und da war der See auf einmal zum Meer geworden. Weit und breit kein Ufer zu sehen. Und stetig höher schlugen die Wellen. Mal schwamm sie obenauf, mal stürzte sie tief ins Wellental und alle Wasser der Welt schlugen über ihr zusammen. Um Hilfe wollte sie rufen, doch erstickten die Wassermassen jeden Schrei. Vor Panik um sich schlagend, erwachte sie, und dann lag sie da, starrte mit weit aufgerissenen Augen zu dem noch immer offenen, mondhellen Fenster hin und versuchte, sich diesen Traum zu erklären.

Viel zu rätseln gab es nicht, er stand für nichts anderes als eine Flucht; allerdings eine, die ihr Angst machte, weil sie ohne die Eltern weder leben wollte noch leben konnte. Sie brauchte sie und hatte sie lieb, so lieb, dass es manchmal richtig wehtat. Schnitt ihre Mutter sich beim Zwiebelschneiden in den Finger, schmerzte ihr, Feri, gleich die ganze Hand. Und ihr Vater? Er war doch früher, als sie noch klein war, immer ihr gutmütiger Brummbär Balu aus dem *Dschungelbuch* gewesen. Alles hatte sein kleiner indischer Mowgli mit ihm machen dürfen. *»Probier's mal mit Gemütlichkeit«*, hatten sie laut gesungen und waren wie die Helden aus dem Zeichentrickfilm durchs Wohnzimmer getanzt …

Verflucht, schon wieder kamen ihr die Tränen! Aber vielleicht war das gut so, sie musste mit den Eltern reden. Gleich beim Frühstück. Warum sollten sie Milan, wenn sie ihn erst kannten, denn nicht mögen?

Auch die Eltern wollten reden. Sie sah es ihnen an. Doch bevor sie fragen konnten, wo sie die halbe Nacht lang gewesen war, ging Feri in die Offensive. Sie ließ ihr Marmeladenbrötchen unberührt, sah erst die Mutter und danach den Vater an und sagte laut: »Ich finde es schade, dass ihr so wenig Vertrauen zu mir habt.«

Das war nach all dem, was im Wald passiert war, ziemlich dreist, musste aber sein. Ständig wurde ihr Leben durch die Bedürfnisse anderer bestimmt. Was war mit *ihren* Bedürfnissen? War es nicht an der Zeit, dass in ihrem Leben mal sie selbst die Hauptrolle spielte?

»Oho!«, stieg ihr Vater gleich ein, froh darüber, dass eine seiner beiden Frauen endlich den Mund aufgemacht hatte. »Sind wir mal wieder beim Thema Vertrauen! Aber vielleicht gestattet uns unsere von ihren kontrollwütigen Eltern genervte Tochter ja eine ganz simple Frage, bevor sie all ihre Kanonen auf uns richtet: Wenn ich ein kleines Kind zum ersten Mal die Treppe hinabgehen lasse, ist es bei allem Vertrauen in seine sicherlich bereits vorhandenen Fähigkeiten nicht besser, achtsam neben ihm herzugehen, um notfalls zugreifen zu können?«

»Bin aber kein kleines Kind mehr.« Ein blöder Vergleich! Sollte das Ganze etwa ins Lächerliche gezogen werden?

Sofort erntete sie Widerspruch: »Doch, Feri! Auch wenn du's vielleicht nicht wahrhaben willst, was die Liebe zwischen Männlein und Weiblein betrifft, bist du noch ein ganz, ganz kleines Kind, das seine ersten Schritte setzt. Und ich finde es nur allzu verständlich, wenn Eltern ihrer Tochter auch in dieser Hinsicht mit Rat und Tat zur Seite stehen wollen. Es ist«, er trommelte mit den Fingerspitzen auf den Tisch, »nun mal unser gutes Recht, nicht zu wollen, dass du die Treppe hinabfällst.«

Feris Mutter hatte, während der Vater sprach, nur nachdenklich in ihrer Kaffeetasse gerührt. Endlich hob sie den Kopf. »Im Behördendeutsch nennt man dieses Die-Treppe-Hinabbegleiten schlicht und einfach ›Beachtung der Aufsichtspflicht‹. – Tja, Eltern sind nun mal dazu verdonnert, sich um ihre Kinder zu kümmern. Und weil das so ist, steckt keinerlei böse Absicht dahinter, wenn wir wissen wollen, wo und mit wem unsere noch minderjährige Tochter ihre Abende verbringt.«

Sie seufzte müde, trank von ihrem Kaffee und blickte ihr danach tief in die Augen. »Ja, und was das mangelnde Vertrauen betrifft: Weshalb hattest *du* denn kein Vertrauen zu uns? Warum hast du nicht ganz einfach gesagt, da ist ein Junge, der mir gefällt, ich möchte mich ab und zu mit ihm treffen? Hattest du Angst, wir würden dir das verbieten?«

Eine Frage, auf die Feri keine Antwort wusste. Außer die eine: Ich will aber nicht jeden Schritt, den ich tue, vorher von euch absegnen lassen müssen, will auch mal auf die Nase fallen dürfen. Und vielleicht hätte sie das genauso gesagt, wenn es die vorangegangene Nacht nicht gegeben hätte.

»Ich will dir was sagen«, die Mutter nahm ihre Hand und streichelte sie, »für mich gibt es eine oberste Regel: Wen ich liebe, *für* den sorge ich und *um* den sorge ich mich. Das schließt nicht aus, dass ich auch mal Fehler mache. Aber wenn, dann sind das Fehler aus Liebe und damit sollte der oder die Umsorgte leben können.«

Am Nachmittag wurde gepackt. Sehr früh am Morgen, noch vor dem Aufstehen, wie der Vater witzelte, wollten sie die Heimfahrt antreten. Getankt hatte er schon, der Reifendruck war auch okay; er freute sich aufs Zuhause. »Ferien sind ja nur deshalb schön, weil's irgendwann wieder heimwärts geht.«

Er zwinkerte Feri versöhnlich zu, sie lächelte zurück. Doch empfand sie keinerlei Vorfreude. Milan! Heute Abend würde sie ihn für lange Zeit – vielleicht sogar für immer – das letzte Mal sehen. Ein Gedanke, der ihr Bauchschmerzen machte. Die Tage hier am See, die Tage mit Milan, auf einmal erschienen sie ihr wie ein bittersüßer Film ohne Happy End.

Ihre Mutter hatte gefragt, ob sie ihnen den Jungen, mit dem sie sich Abend für Abend getroffen hatte, denn jetzt, nachdem sie von ihm wussten, nicht vorstellen wollte. Aber das hatte sie abgelehnt. »Wozu denn?«, hatte sie zurückgefragt. »Wir fahren doch morgen schon.«

Eine Antwort, die Feris Mutter in ihrem Verdacht bestätigte, dass es sich bei dieser Ferienbekanntschaft nur um einen harmlosen Sommerflirt gehandelt hatte. Feri jedoch konnte den letzten Abend mit Milan kaum noch erwarten. Lange vor der Zeit sagte sie: »Ich geh dann mal jetzt. Wir müssen uns ja wenigstens voneinander verabschieden.«

»Natürlich müsst ihr das.« Die Eltern nickten beide. Jetzt, da dieser Flirt sich ohnehin erledigt hatte, konnten sie großzügig sein.

Zum ersten Mal wartete Milan bereits vor ihr auf dem Steg der alten Schiffsanlegestelle. Besorgt sah er ihr entgegen. »Alles in Ordnung?«

Sie nickte nur und küsste ihn. Jetzt, da die Eltern von ihm wussten, war ja wirklich fast alles in Ordnung. Zwar hatte seine Frage allein darauf abgezielt, was in der Nacht zwischen ihnen geschehen war – ob sie das Ganze inzwischen nicht schon bereute –, sie aber stand noch immer unter dem Eindruck ihres Gesprächs mit den Eltern.

»Und bei dir?«, fragte sie zurück.

Da lächelte er – was sollte denn bei ihm nicht in Ordnung sein? –, dann sagte er, dass einer der Erzieher ihm Vorwürfe gemacht habe, weil er in der Nacht erst so spät ins Zelt zurückgekehrt war. »Er wollte wissen, wo ich so lange gesteckt habe. Hab gesagt, im Zelt wär's mir zu heiß geworden, deshalb hätt ich mich ein Weilchen nur vom Mond zudecken lassen. Keine Lüge, oder?«

Er lachte und auch Feri musste kichern. Dann fragte er nur noch: »Unsere Bank?«, und eng umschlungen wanderten sie den stillen Waldpfad entlang, bis sie die Anhöhe erreicht hatten, auf der ihre Bank stand. Und da saßen sie dann und wussten lange nicht, worüber sie reden sollten. Eine bedrückende Abschiedsstimmung hatte sie erfasst. Irgendwann versuchte Milan wieder, sie damit zu trösten, dass sie ja jeden Tag miteinander telefonieren oder sich etwas zusimsen konnten. »Oder du schickst mir 'ne Mail. Nur ist leider mein Smartphone kaputt, spare schon lange auf ein neues, aber als Azubi biste nun mal kein Millionär. Also behelfe ich mir, bis ich mir 'n neues leisten kann, mit so 'nem vorsintflutlichen Tastenhandy. Aber fotografieren kann ich damit auch. Und Bilder schicken.«

»Und wie soll ich dir dann mailen?«

»Über Mister Pritt.« Und gleich erzählte er ihr wieder von jenem Erzieher, den die Jungen nur Mister Pritt riefen, weil er mit den Kleinen öfter Ritterburgen, Schiffe oder Westernforts bastelte und deshalb oft nach Klebstoff roch. »Richtig heißt er Ralf. Ralf Kleinschmidt, und das, obwohl er eher 'n Riese ist. Aber er ist der Beste von allen. Mit ihm kann man reden. Mister Pritt, so heißt's bei uns, *klebt* alles. Auch kein Streit, den er nicht repariert. Wenn du mir also mal 'ne richtig lange Mail schicken willst, lese ich sie auf seinem Laptop. Sims mir einfach, wenn du mir gemailt hast. Dann druck ich mir bei ihm aus, was du geschrieben hast.«

Den Zettel mit seiner Mail-Adresse hatte er schon vorbereitet. Er drückte ihn ihr in die Hand und sie schob ihn in ihre Hosentasche. Ein Trost allerdings war auch das nicht. Telefonieren, simsen, mailen – und das für wie lange? Ja, und würde Milan eine solche *Fernbeziehung* auf die Dauer nicht langweilig werden? In Hamburg gab's doch sicher jede Menge Mädchen, die einen wie ihn nicht übel fanden. Möglicherweise wartete dort ja schon eine feste Freundin auf ihn; eine, die er ihr verschwiegen hatte, weil sie sich sonst nicht mit ihm eingelassen hätte.

Ein Verdacht, den sie sich übel nahm, weil der ganz sicher nur mit ihren ewigen Minderwertigkeitskomplexen zu tun hatte, der sich aber nicht so einfach verdrängen ließ. »War das gestern wirklich dein erstes Mal?«, hakte sie vorsichtig nach.

Er nickte nur still.

»Also gab's nie ein anderes Mädchen?«

Ein Weilchen tat er, als müsste er erst lange über diese Frage nachdenken, dann lachte er und schüttelte den Kopf. »Nee, das andere, das waren alles nur ganz lockere Freundschaften. Mal 'n Kuss und so. Das mit uns, das ist viel, viel mehr.«

Auf eine solche Antwort hatte sie gehofft. Und wie schade fand sie es, dass sie jetzt, so kurz vor dem Abschied, nicht noch einmal miteinander schlafen konnten. Weil sie natürlich wieder keine Kondome dabeihatten. »Das gestern«, sagte sie leise, »das war schön, aber irgendwie ging's viel zu schnell.«

»Na ja«, er grinste verlegen, »fürs erste Mal ...« Und um sie zum Lachen zu bringen, fügte er noch hinzu: »Übung macht den Meister.«

Doch nein, sie lachte nicht, dachte nur daran, dass sie sich jetzt lange nicht sehen würden. »Zu blöd, dass wir wieder nichts dabeihaben«, ärgerte sie sich.

Und was tat er da? Er sah ihr in die Augen und sagte ernst: »Ja, schade, aber – ich lieb dich auch so.«

Gab es eine größere Liebeserklärung? Nein! Und so konnte sie mal wieder nicht anders: Sie sprang auf, nahm ihn an die Hand und zog ihn tiefer in den Wald.

Farbe bekennen

Tags darauf, nach der langen Rückfahrt, war sie wieder zu Hause, stand in ihrem Zimmer, und egal, wie vertraut ihr alles war, sie fühlte sich fremd. Als ob eine andere Feri aus den Ferien zurückgekehrt war. Das Bett mit der bunten Tagesdecke, der total überladene Schreibtisch, das Bücherregal, die Filmposter an den Wänden, der Blick aus dem Fenster – wie langweilig erschien ihr mit einem Mal ihr Zimmer, das sie doch immer so geliebt hatte. Das war ja noch ein richtiges Kinderzimmer, fehlten nur die Puppen aus aller Herren Länder, die der Vater ihr von seinen Reisen mitgebracht hatte und die sie schon vor längerer Zeit in den Keller verbannt hatte.

Sie verspürte große Lust, alles sofort zu ändern. Die Filmposter mussten weg, die Kinderbücher weg, die bunten Holzblumen auf dem Fensterbrett weg. Und das Bett gehörte neben die Tür und auch Kleiderschrank und Bücherregal mussten die Plätze tauschen. Gleich am nächsten Morgen wollte sie loslegen.

Froh über diesen Entschluss zum Neuanfang, setzte sie sich an den Schreibtisch und nahm zum x-ten Mal ihr

Handy in die Hand. Ob Milan, wenn er schon nicht angerufen, ihr inzwischen wenigstens eine SMS geschickt hatte? Sie hätte es mitbekommen, wenn er es getan hätte, doch warum nicht nachschauen?

Natürlich fand sie nichts, und so sah sie sich zum dritten oder vierten Mal die Fotos an, die sie am Abend zuvor von sich gemacht hatten. Auf dem Heimweg aus dem Wald war das gewesen, an der alten Schiffsanlegestelle. Erst hatten sie sich gegenseitig fotografiert – er sie mit seinem Handy, sie ihn mit ihrem –, dann hatten sie die Köpfe zusammengelegt und mit weit ausgestreckten Händen gleich mehrere Doppelselfies von sich gemacht.

Schöne Fotos waren das geworden: Milan, lässig am Holzgeländer lehnend, hinter ihm der von der tief stehenden Abendsonne beschienene See. Verriet sein verschmustes Lächeln nicht, wie nah sie sich zuvor gewesen waren? Oder sie, hatte sie je zuvor so sofakissenweich in sich hineingegrinst?

Die Eltern waren bereits beim Auspacken. Bob Dylan und Co., CDs aus ihrer Zeit, sollten sie, müde von der langen Fahrt, dabei aufmuntern. Feri aber, noch immer die Fotos im Kopf, warf sich aufs Bett und rief als Allererstes Milan an. Vielleicht hatte er sich ja ebenfalls gerade ihre Fotos angeschaut.

Ungeduldig presste sie ihr Handy ans Ohr. Hoffentlich meldete sich nicht nur die Mailbox! Sie wollte, *musste* jetzt seine Stimme hören.

»Hier ist Milan und kein anderer.«

Er hatte ihren Namen im Display gesehen und ihren

Anruf sicher längst erwartet. Trotzdem sagte sie: »Ich bin's – Feri! Bin wieder zu Hause.«

»Schade!«

Sie lachte. »Finde ich auch.« Aber dann konnte sie sich einen leicht empörten Vorwurf nicht verkneifen. »Warum hast *du* denn nicht mal angerufen? Hast mich wohl schon ganz vergessen?«

»Klar!«, witzelte er. »Wie war noch mal dein Name?«

»Haha!«

Er merkte, dass es ihr ernst war, und entschuldigte sich. »Tut mir leid, aber hast du etwa ganz allein im Auto gesessen? Wir hätten doch gar nicht richtig miteinander reden können.«

Damit lag er nicht falsch. Unter den Augen und Ohren ihrer Eltern hätte zumindest sie kein vernünftiges Wort herausgebracht. »Aber du hättest mir doch was simsen können.«

Ein Weilchen schwieg er, dann gab er zu: »Einverstanden, Tante Feri! Aber – ob du's glaubst oder nicht – *daran* hab ich gar nicht gedacht. Und warum nicht? Weil ich immerzu an *dich* gedacht habe, nur eben, ohne dir das zu simsen. Hab mir immerzu vorgestellt, wo ihr jetzt vielleicht gerade seid, ob ihr Rast macht oder im Stau steckt …«

Das klang nicht schlecht. Dafür hätte er einen ziemlich langen Kuss verdient. Allzu sehr loben aber wollte sie ihn nicht. »Gut! Kniefall akzeptiert«, erwiderte sie – und wusste plötzlich nicht mehr, was sie sonst noch sagen sollte. Die Entfernung zwischen ihnen, rückte die, was am See und im Wald geschehen war, nicht schon ein bisschen ins Unwirkliche? »Und? Was machst du gerade?«, redete sie einfach weiter. »Verhaust du mal wieder deinen Punchingball? Und scheint bei euch die Sonne? Oder darf ich mich freuen, fort zu sein, weil ihr gerade im Regen ertrinkt?«

»Pech gehabt, die Sonne scheint! Und na klar hab ich geboxt. Der arme Punchy, heute hat er ganz schön was auszuhalten gehabt.« Er lachte.

»Warum denn?«

»Na, warum schon? Weil mir jemand fehlt, den du ziemlich gut kennst. Und da musste ich mich halt abreagieren.« Jetzt atmete er so tief ein, dass sie es hören konnte. »Ist schon komisch«, fuhr er danach fort, »eigentlich ist hier alles wie immer, doch ohne dich irgendwie ganz anders. Stinkelangweilig eben. Vor heute Abend graut's mir. Hab keine Lust, mit den anderen zusammen zu sein, kann mich aber auch nicht solo auf unsere Bank setzen. Du hättest eben einfach noch bleiben müssen, fehlst nicht nur mir, fehlst der ganzen Landschaft.«

Worte waren das, die sie schlürfen konnte wie warme Milch mit Honig. »Gestern«, das musste sie nun unbedingt loswerden, »das war super, oder?«

Er antwortete nicht gleich, fand wohl nicht die richtige Bezeichnung für dieses *zweite Mal*. Und wie war »super« denn noch zu toppen? Dann kam es leise: »Das … das war überirdisch.«

»Ja«, flüsterte sie zurück, obwohl es gar keinen Grund dafür gab, so leise zu sprechen. »Aber wenn wir uns das nächste Mal treffen, dann müssen wir wirklich mal was dabeihaben. Oder«, sie wollte auch einmal die Witzige spielen, »willst du etwa schwanger werden?«

»Von dir? Immer!«

Sagte es, und beide lachten sie wie kleine Kinder, die etwas ausgeheckt hatten, das keiner wissen durfte. »Und?«, fragte sie dann. »Was machst du heute Abend, wenn du nicht solo auf unserer Bank sitzen willst?«

»Vielleicht treff ich mich mit 'nem Mädchen«, witzelte er weiter. »Hab da eine kennengelernt. Im Biergarten. Sie hat 'ne Riesenportion Gulasch mit Klößen verdrückt, und stell dir vor: Sie riecht und schmeckt trotzdem gut.«

»Spinner!« Wieder mussten sie lachen, und danach fragte er, was *sie* denn an diesem Abend noch vorhabe.

Sie aber wollte nur noch eines: auspacken. Zu allem anderen hatte sie keine Lust. Auspacken, Abendbrot essen und früh ins Bett gehen, um vor dem Einschlafen noch möglichst lange an ihn denken zu dürfen.

Sie gestand ihm das, und er versprach ihr, vor dem Einschlafen ebenfalls noch ganz lange an sie zu denken. »Vielleicht treffen unsere Gedanken sich ja irgendwo in der Luft und schwirren danach gemeinsam weiter.«

»Abgemacht!« Sie kicherte ins Handy. »Wir müssen nur aufpassen, dass sie sich nicht verfehlen.«

»Kann überhaupt nicht passieren«, beteuerte er, »meine haben 'n Navi, und das ist ganz allein auf Jennifer Matthay geeicht.«

»Und meins auf Milan Vesely.«

Das klang lustig, war aber sehr ernst gemeint. Beide

schwiegen sie andächtig und dann verlangte Milan noch etwas sehr, sehr Schönes von ihr. »Das kannste dir gleich mal an die Pinnwand heften«, sagte er. »Ich will immer alles von dir wissen. Auch die klitzekleinsten Kleinigkeiten. Steht mir irgendwie zu, finde ich.«

Noch so etwas, das sie glücklich machte. »Gut! Aber dann musst auch du mir immer alles sagen, jederzeit und überall und immer alles, okay?«

»Okay! Dann fangen wir gleich mal damit an: Wann willst du heute schlafen gehen?«

Komische Frage. »Aber das weiß ich doch jetzt noch nicht.«

»Doch nicht vor zehn, oder?«

»Keine Ahnung! Vielleicht bin ich ja bis dahin schon hundemüde.«

»Bitte, egal, wie müde du bist, du musst mir versprechen, bis mindestens um zehn wach zu bleiben.«

»Aber wozu denn?«

»Weil ich dich von heute an jeden Abend Punkt zehn Uhr anrufen werde, um dir Gute Nacht zu wünschen.«

Was für ein lieber Spinner! Sie konnte sich ein lautes Losprusten nicht verkneifen. »Bist du der Sandmann?«

»Ja. Aber nur für dich.«

»Und wenn ich nicht jeden Tag so lange auf deinen Anruf warten will?«

»Musst du ja auch nicht. Mindestens drei Anrufe pro Tag haben wir verabredet. Also ruf ich dich schon nachmittags an und auch danach noch 'n paar Mal. Nur ist's abends eben besonders wichtig – hilft beim Einschlafen.«

Sie spielte weiter die Zögerliche. »Und was mach ich, wenn mein Sandmann mich mal vergisst? Dann kann ich garantiert überhaupt nicht einschlafen.«

»Der vergisst dich nicht.«

»Und warum nicht?«

»Weil … Ach, das weißte doch selbst.«

Ja, das wusste sie. Ganz einfach, weil Milan und sie eben nicht nur mal ein paar Wochen miteinander gingen und danach übereinander lästerten, wie sie es bei vielen anderen in der Schule beobachtet hatte. Das zwischen ihnen, das war eben wirklich viel mehr. »Also dann – bis heute um zehn?«

»Bis heute um zehn.« Beide lauschten sie noch ein Weilchen, um herauszubekommen, ob der andere noch auf irgendetwas wartete, dann drückte er sie weg und Feri lächelte ihr Handy an. Schon in ein paar Stunden hatte sie ihn wieder; mehr konnte sie wirklich nicht verlangen.

Dennoch: Die restlichen Ferientage wurden zur Strapaze. Weder Edda noch Caro waren schon vom Mittelmeer zurück, so blieb jede Menge Zeit, an Milan zu denken.

Wie sehr sie ihn vermisste! Ja, sie telefonierten jeden Tag fünf-, sechsmal miteinander, schickten sich eine SMS nach der anderen und wünschten sich jeden Abend eine ganz besonders schöne Nacht. Aber ein Ersatz für wirkliche Nähe, ein Lächeln, ein Kuss, ein Streicheln war das nicht.

Er schickte ihr ein Selfie, um ihr zu zeigen, wie einsam und verlassen er an der alten Schiffsanlegestelle herumstand, sie schickte ihm Fotos von sich und ihrem neu gestalteten Zimmer. Leichter machte das die Trennung nicht. Im Gegenteil, all diese Telefonate, die Simserei und die Fotos verschlimmerten ihre Sehnsuchtsgefühle nur. Abend für Abend gestanden sie sich das ein, Abend für Abend schwiegen sie länger in ihre Handys, als sie miteinander sprachen, nur damit der eine noch ein bisschen beim anderen sein konnte.

Die Eltern sahen ihr an, wie ihr zumute war, und behandelten sie wie einen flügellahmen Schmetterling, den sie um Himmels willen nicht grob anfassen durften. Sie ahnten inzwischen wohl, dass dieser einarmige Milan für ihre Tochter keine bloße Ferienliebelei geblieben war.

Dann war Milan nach Hamburg heimgekehrt, und sie musste sich, wenn sie miteinander telefonierten, Mühe geben, im Hintergrund nicht immer den See mit der alten Schiffsanlegestelle vor sich zu sehen. Unter *Hamburg* konnte sie sich nur Fernsehbilder vorstellen. Sie kannte die Stadt nicht. Und so lebte Milan für sie fortan in einer Art luftleerem Raum. Egal, welche Fotos er ihr schickte – die Straße mit dem Jugendheim, das nach Jungensart eingerichtete Zweibettzimmer, in dem er schlief –, alles blieb Kulisse.

Wenige Tage später, anfangs nur ganz vage, mit der Zeit aber immer stärker, begannen alte Zweifel an ihr zu nagen: Wer sagte ihr denn, dass in Hamburg nicht doch ein Mädchen auf ihn gewartet hatte? Irgendeine große Schöne, mit der er schon lange ging? Oder war das ein völlig übertriebener Verdacht? Da lernt einer in den Ferien ein Mädchen kennen, das ihm deutlich zeigt, dass er ihr gefällt, warum soll er nicht ein bisschen mit ihr schmusen? Und dass sie zweimal miteinander geschlafen haben? Wer hatte denn beide Male den ersten Schritt getan?

Es war verrückt, sie traute Milan diese Zweigleisigkeit nicht zu, aber gegen diese Unruhe in ihr, geboren aus Selbstzweifeln, war sie machtlos. Und deshalb reichte ihr eines Abends die Handysäuselei nicht mehr. Sie wollte, *musste* ihn testen. Gleich nach seinem Gute-Nacht-Gruß setzte sie sich vor ihren Laptop.

Zuerst ließ sie sich lang und breit darüber aus, wie öde die letzten Ferientage für sie verlaufen waren. Dann schlich sie sich an ihre Frage heran. Sie hoffe, wenn sie das Abi hinter sich habe, zum Studium in eine große Stadt ziehen zu dürfen, schrieb sie. *Am liebsten natürlich nach Berlin, Hamburg oder München. Auf jeden Fall will ich irgendwohin, wo ich mich frei fühlen kann. Frankfurt wäre viel zu nah. Meine Eltern sind ja ganz in Ordnung, aber so langsam muss ich weg von zu Hause …*

Sie zögerte kurz, dann kam es: *Oder würde dich das stören, wenn ich nach Hamburg käme?*

Das war sie, die Frage, auf die sie eine Antwort verlangte. Und sie musste schriftlich gestellt werden. Hätte sie das während eines ihrer Telefonate gefragt, hätte Milan irgendwie ausweichen oder herumwitzeln können. Per Mail musste er Farbe bekennen.

Nur weil sie ihren Schrieb mit dieser Frage nicht beenden durfte – sonst wäre ihre Sorge vielleicht allzu deutlich geworden –, plapperte sie danach noch eine ganze Menge anderes, belangloses Zeug. Über zwei Filme, die zurzeit in den Kinos liefen und die sie sich ansehen wollte, ließ sie sich aus und über das Buch, das sie gerade las.

Später, im Bett, bereute sie diese Mail. Was, wenn Milan nicht wollte, dass sie nach Hamburg kam? War dann alles zu Ende, weil sie nach einer solchen Absage ja annehmen musste, dass sie für ihn doch nur ein Ferienabenteuer gewesen war? Vielleicht wäre es besser gewesen, ihm einfach zu vertrauen, anstatt mal wieder alles infrage zu stellen.

Endlich eingeschlafen, träumte sie, sie wäre in einer fremden Stadt unterwegs, um Milan zu suchen. Aber war diese Stadt überhaupt Hamburg? Sie lief durch endlose Straßen, vorbei an vielen, ihr unbekannten Menschen, und stand irgendwann vor einem vierstöckigen, grauen Haus. Jungen, große und kleine, lagen in den Fenstern und blickten auf sie herab. Aber auch ein Mädchen war dabei, eine richtige Schönheit mit langem blondem Haar, die sie laut auslachte. Und jetzt lachten auch die Jungen, lachten und lachten, und das immer lauter, immer böser, bis sie aufschreckte.

Verstört schaltete sie das Licht ein, lag ein Weilchen wie beduselt da und nahm schließlich das Buch zur Hand, in dem sie gerade las. Wenn sie irgendwann wieder einschlafen wollte, musste sie auf andere Gedanken kommen.

Tags darauf kam Milans Antwort.

Hallo Feri, schrieb er, *wie hab ich mich über deine Mail gefreut. Hatte gar nicht mehr damit gerechnet, dachte schon, du bist zwar ziemlich klug, aber doch eher schreibfaul. Na ja, je größer die Überraschung, desto größer die Freude!*

Danach versuchte er mal wieder, sie zu trösten: *Bei uns sind die Ferien auch bald vorüber und auch hier war's zuletzt ziemlich trist. Hat mächtig viel geregnet, bin an den Abenden kaum aus dem Haus gekommen.*

Gut, gut, gut, aber wie ging's weiter?

Klare Sache, dass du nicht in Frankfurt, sondern in einer ganz anderen Stadt studieren willst. Freu mich ja auch darauf, endlich volljährig zu werden und irgendwann ausgelernt zu haben und hinziehen zu dürfen, wo es mir gefällt, wenn ich dort Arbeit finde. Und das wäre natürlich so etwas wie der ganz, ganz große Hauptgewinn, wenn wir uns in derselben Stadt einquartieren dürften. Am besten zusammen in einer Bude. Aber lieber nicht in Hamburg. Ich will ja auch mal hier weg. Berlin und München wären eine Überlegung wert. Auch Freiburg soll toll sein. Auf jeden Fall: Wenn ich ausgelernt habe und wir wissen, wo du einen Studienplatz gefunden hast, dann sattle ich mein Ross, komm angeritten und versuche, dort einen Job zu finden. Nur dauert's bis dahin ja leider noch fünfhundert Jahre …

Nicht schlecht, was er da geschrieben hatte – nur eben nicht ganz die Antwort, auf die sie gehofft hatte.

Wäre es denn nicht völlig egal, wo sie zusammenlebten, Hauptsache, sie hatten einander?

Doch na klar, warum sollte nicht auch Milan mal eine ganz andere Stadt kennenlernen wollen? Vor allem aber: Gäbe es in Hamburg irgendeine in ihn verliebte Schönheit, hätte er dann dort weggewollt?

Positiv ist negativ

Danach der Blitzeinschlag. Aus ganz und gar heiterem Himmel.

Anfangs sorgte es Feri nicht sehr, dass ihre Tage ausblieben. Die Schule hatte wieder begonnen, Edda und Caro waren zurück, es gab so viel zu erzählen, und außerdem hatte sie ja noch nie pünktlich ihre Regel bekommen.

Erst nach zehn Tagen wurde sie unruhig. Es war frühmorgens, sie stand im Bad und rechnete, ohne es so recht glauben zu wollen, die vergangene Zeit nach. Doch nein, kein Irrtum, es war tatsächlich schon zehn Tage her, seit es hätte passieren müssen. Was hatte das zu bedeuten? War sie etwa doch – schwanger?

Vor Furcht schwindelte ihr. Was sollte denn sonst dahinterstecken, wenn keine Schwangerschaft? Fünf Tage später, einmal sogar eine ganze Woche später, das hatte sie alles schon erlebt, aber zehn Tage?

Auf ein sehr bedrücktes, schweigsames Frühstück folgte ein elend langer Vormittag in der Schule. Sie musste mit Caro reden. Caro hatte in dieser Hinsicht die meiste Erfahrung; Caro mit dem Prachtbusen und dem

Puppengesicht war eben ganz und gar kein Püppchen, sondern eine, die wusste, was zu tun war, wenn's mal ganz dicke kam.

Schulstunde reihte sich an Schulstunde; nie zuvor hatte sie den Unterricht so uninteressiert an sich abprallen lassen. Dann, endlich, war es so weit. Noch im Klassenzimmer zog sie die Freundin mit sich fort; sie waren noch nicht ganz auf der Straße, da wusste Caro bereits alles.

Anfangs erfasste sie den Ernst der Lage nicht. Was denn, Little Feri sollte in eine solch »fiese Situation« geraten sein? Das konnte doch nur ein »Joke« sein. Später, in dem Eiscafé, das im letzten Jahr so etwas wie ihre Stammkneipe geworden war, wollte sie dann erst mal alles über diese »Ferienliebe« wissen. Einer, der es geschafft hatte, die eiserne Feri herumzukriegen, der musste ja ein ganz besonders schlimmer Finger sein. Danach staunte sie über ihre Naivität. »Ihr habt es ungeschützt getan? Ehrlich? Ja, warst du denn bekifft?«

»War ja nur zweimal.«

Ein bescheuertes Geständnis. Aber was hätte sie denn sonst sagen sollen? Etwa, dass sie aus lauter Liebe zu Milan tatsächlich wie bekifft gewesen war? Caro wäre so etwas natürlich nie passiert; Caroline Kruse tanzte nicht auf dem Seil, also konnte sie auch nicht abstürzen.

»Nur zweimal – haha! Und warum hast du dir, wenn du schon so besoffen von dem Typ warst, nicht wenigstens 'ne ›Pille danach‹ besorgt?« Caro konnte es immer noch nicht fassen. »Mensch, Feri, so viel Ahnungslosigkeit auf einem Haufen, das tut ja richtig weh. Es gibt doch mehr Verhütungsmittel als Margarinesorten ... Also, am liebsten würde ich dir eine kleben. Das muss erst mal eine schaffen, so blind gegen die Wand zu laufen.«

Eine Standpauke, die sie verdient hatte. Nur nutzte ihr diese späte Einsicht nicht viel. Was passiert war, war passiert. So zuckte sie nur traurig die Achseln und schwieg. Und da, als Caro sah, wie sie vor Angst fast verging, kam die mütterliche Seite in ihr durch, die sie ja auch hatte. »Na, lass mal! Die Sache klären wir am besten sofort.« Und laut rief sie nach der Kellnerin, damit sie ihre Eiskaffees bezahlen konnten.

Quer durch die Stadt ging's zu einer Apotheke, in der man sie nicht kannte, Teststreifen kaufen. Danach erklärte Caro ihr lang und breit, wie sie anzuwenden waren, obwohl sie selbst solche Dinger noch nie benutzt hatte. Sie wusste Bescheid, weil sie solche »Lebensnotwendigkeiten« interessierten. »Wenn du alles richtig machst«, so ihre nicht wirklich beruhigenden Worte, »präsentiert dir so ein Streifen innerhalb kürzester Zeit die Wahrheit. Und dann darfst du jubeln oder gleich mal die Schwangerenberatung anrufen, um 'nen möglichst frühen Termin zu ergattern. Musst du hin, drücken sie dir dort 'nen Stempel auf die Stirn und mit dem geht's ab zum Onkel Doktor, und der macht weg, was keiner haben will.«

Feri hatte gewusst, dass es solche Teststreifen gab, aber ohne Caro hätte sie sicher sehr viel länger gebraucht, um den Mut zu finden, in der Apotheke danach zu fragen. Also war sie ihr sehr dankbar für dieses An-die-Hand-Nehmen, obwohl ihr die Lockerheit, mit der Caro über ihre Sorgen sprach, nicht besonders gefiel.

Aber klar, damit war Caros Neugier noch lange nicht gestillt. Auf dem Rückweg wollte sie immer mehr über Milan wissen. Weshalb sie ihr die ganze Geschichte noch mal erzählte und das schon bald bereute. Denn Caro gab sich keinerlei Mühe zu verbergen, was sie dachte: Mit einem Behinderten hatte sie sich eingelassen? Also mit einem, den keine andere wollte? Und dann kam dieser »Waisenknabe« auch noch aus einem Jugendheim, war also so 'ne Art »verlorene Seele«? Na, ein Hauptgewinn sei so einer ja wohl gerade nicht.

Doch nein, Feri nahm ihr dieses Gerede nicht übel. So war Caro eben, immer klare Kante und nur selten fair, aber deshalb noch lange nicht ohne Herz.

Positiv! Der Test war positiv! Lange wollte sie es nicht glauben. Sie starrte den Teststreifen an, als müsste sie nur richtig hinschauen und der zweite Strich auf der Anzeige würde verschwinden. Er verschwand aber nicht. Da waren ganz deutlich zwei Striche zu sehen – und dabei hatte sie den Streifen nicht mal besonders lange in ihren Urin gehalten …

Ihr wurde übel, sie lehnte den Kopf an die kühle Kachelwand des Badezimmers und atmete tief durch. Hinter ihrer Stirn hämmerte es: Positiv! Und das hieß, negativer ging es nicht. In ihrem Leib wuchs ein Kind heran. Und das, ohne dass sie es gewusst hatte. Noch ganz klein war es, sogar klitzeklein, und doch war es schon ein Lebewesen, aus dem irgendwann ein richtiger Mensch werden könnte – mit Gesicht, Armen und Händen, Beinen und Füßen. Und sie, Feri Matthay, gestern selbst noch ein Kind, würde die Mutter sein …

Nein, das konnte, das *durfte* einfach nicht sein! Das war *unmöglich*! Vielleicht war mit diesem Teststreifen etwas nicht in Ordnung … Oder diese Dinger lieferten ganz allgemein keine sicheren Nachweise.

Wie kopflos stürzte sie an ihren Laptop. Mal sehen, was sie im Internet zu diesem Thema fand. Da, ja, da stand es: *Die Verlässlichkeit von Schwangerschaftstests mit Urin wird mit 90–99 % angegeben*. Also war ein solcher Test tatsächlich nicht hundertprozentig sicher? – Aber nein, Scheiße, hier stand, je weiter die Schwangerschaft fortgeschritten sei, desto aussagekräftiger sei so ein Test. Und sie war doch bestimmt schon Mitte der dritten Woche …

Als hätte jemand sie umgestoßen, ließ sie sich auf ihr Bett fallen, um besser nachdenken zu können, saß aber nach zwei, drei Sekunden schon wieder vorm Laptop, um das Wort *Schwangerschaftsabbruch* einzugeben. Blödes Wort, klang aber besser als *Abtreibung*. Es dauerte einen Moment, bis die Seite kam – als wollte ihr Laptop bei diesem Begriff streiken –, dann las sie: *Jede Abtreibung ist rechtswidrig, aber straffrei, wenn mindestens drei Tage zuvor eine Schwangerschaftsberatung durchgeführt wurde … Die Frist, bis zu der ein Schwangerschaftsabbruch erfolgen darf, beträgt zwölf Wochen …*

Das mit den zwölf Wochen hatte sie gewusst, doch wie beruhigend, es hier noch mal zu lesen. So hatte sie also noch bis zu neun Wochen Zeit? Aber, na klar, Caro hatte recht, wenn sie wirklich schwanger war, dann galt, je eher, desto besser.

Und wenn der Teststreifen doch ein Versager war? Irgendein Mängelexemplar? Oder sie hatte irgendwas falsch gemacht …

Sie rannte ins Bad zurück und las noch mal den Beipackzettel.

Nein, sie hatte nichts falsch gemacht! Und doch, auf jeden Fall war es besser, noch einen zweiten Test zu starten. Vielleicht hatte sie ja tatsächlich ein Mängelexemplar erwischt. Warum sollte es so etwas denn nicht geben?

Vor diesem zweiten Test hatte sie eine solche Angst, dass sie davon Durchfall bekam. Was, wenn sich alles bestätigte?

Sie redete sich ein, erst noch ein bisschen warten zu müssen – als ob sich dadurch irgendetwas ändern würde –, wanderte fast eine ganze Stunde lang im Haus herum und stand mal an dem einen und mal an dem anderen Fenster, um auf die Straße oder in den Garten hinauszublicken. – Und wenn sie nun doch schwanger war? Zwar konnte sie sich das immer noch nicht vorstellen, aber wenn nun doch? Durfte sie das Kind dann so einfach *wegmachen* lassen? Hieß das denn nicht *töten*? Sie, die keiner Fliege etwas zuleide tun konnte, sollte ein Kind – *ihr* Kind, ihr *eigenes* Kind! – umbringen? Oder war dieses klitzekleine Wesen in ihrem Bauch ja eigentlich noch gar kein richtiges Kind?

Doch egal, ob so oder so, was würde ihr denn anderes übrig bleiben, als einen Abbruch vornehmen zu lassen? Das Kind würde ja irgendwann im Mai kommen, mitten in den Abiturprüfungen. Aber auch wenn es ein paar Tage früher oder später kam, was sollte ihr Abi ihr dann noch nützen? Ein Studium mit einem Kind im Schlepptau, das würde doch überhaupt nicht gehen …

Ja, und nicht zuletzt: Was würden die Eltern zu dieser Schwangerschaft sagen? *Hast du mit ihm geschlafen*? Diese kalte Frage, wie überaus berechtigt war sie mit einem Mal, auch wenn das alles ja erst später passiert war. – Ach, es war zum Heulen! Wie hatte sie sich nur so sehr vergessen können. Wie ein kleines Kind hatte sie sich verhalten. Man verbietet mir, vom Pudding zu naschen, also tu ich's gerade …

Wieder positiv, kein anderes Ergebnis.

Sie stand im Bad, starrte den Teststreifen an und wusste nicht, wohin mit ihren Gefühlen. Sollte sie einfach nur heulen oder all ihren Frust und Zorn auf sich selbst laut aus sich herausschreien? Diese verfluchten beiden letzten Ferientage am See, wenn doch nur die nicht gewesen wären! Oder wenn sie sich gleich nach ihrer Heimkehr diese »Pille danach« geholt hätte, egal, wie die in der Apotheke gekuckt oder gequatscht hätten! Sie hatte das alles doch gar nicht wirklich *gewollt*, es war einfach über sie gekommen.

Ja, und jetzt? Wie sollte alles weitergehen? Sollte sie mit den Eltern reden? – Nein, bloß nicht! Zuerst musste sie mit Milan telefonieren; er musste als Erster davon erfahren.

Sie lief in ihr Zimmer, griff sich das Handy und rief seine Nummer auf. Doch nur die Mailbox meldete sich.

»Bitte!«, flehte sie mit halb erstickter Stimme. »Ruf mich an! Sofort! Es … es ist etwas Furchtbares passiert.«

Kaum hatte sie das gesagt, musste sie raus aus dem Haus. An die Luft. Damit all die vertrauten Wände um sie herum, die sie so vorwurfsvoll anstarrten, sie nicht erdrückten. Als würde es hinter ihr brennen, so panikartig flüchtete sie; das Handy fest in der Hand.

Die Sonne schien, es war ein richtig schöner Septembertag. Erste kleine, noch nicht aufgeplatzte Kastanien lagen auf der Straße; eine Kindergartengruppe, immer Junge und Mädchen Hand in Hand, kam vom Spielplatz. Zuerst beachtete sie die fröhliche Karawane nicht, dieser heitere Tag passte nicht zu ihrer Stimmung. Dann, ganz plötzlich, fuhr sie herum und sah den Kindern nach.

Wie Schneewittchens Zwerge marschierten sie über den Bürgersteig. Und wie süß, dass sie sich so brav an den Händen hielten! Bis gestern hätte dieser Anblick bei ihr für gute Laune gesorgt. Sie wollte ja auch mal Kinder haben; das wusste sie schon lange. Und nicht nur eines wie die Eltern, sondern zwei oder drei. Doch war es eben noch viel zu früh dafür. Erst der Beruf, dann die Kinder. Auch kannten Milan und sie sich noch nicht lange genug. Wusste sie, ob es in Hamburg nicht doch ein Mädchen gab, mit dem er fest ging? Oder wie es mit ihrer »Sommerliebe« im Winter aussah?

Auch der Spielplatz war voller Jungen und Mädchen. Sie spielten im Sand oder hingen im Klettergerüst. Nur kurz zögerte sie, dann setzte sie sich auf eine freie Bank und beobachtete die Mütter dieser Kinder. Da war keine unter fünfundzwanzig, und immer saßen zwei oder drei von ihnen nebeneinander und unterhielten sich über irgendwas.

Aber so richtig berufstätig oder noch in der Ausbildung, nein, das konnte keine von ihnen sein. Sonst hätten sie um diese Zeit nicht hier sitzen können. Auch war weit und breit kein Vater zu sehen. Dabei sollte es inzwischen doch schon viele Männer geben, die eine Auszeit nahmen, um sich um die Kinder zu kümmern, während ihre Frau ihrem Beruf oder Studium nachging. Oder stand das nur so in der Zeitung?

Wieder sah sie zu den Kindern hin. Sie hatte mal irgendwo gelesen, dass Frauen, die eine Abtreibung hinter sich hatten, in bestimmten Fällen keine Kinder mehr bekommen konnten. Was, wenn *ihr* das passierte?

Ihr Handy klingelte. Rasch drückte sie auf *Annehmen*. »Ja?«

»Ich bin's!« Milan. »Was ist denn los? Was ist denn so furchtbar Schreckliches passiert?«

»Ich … ich bin schwanger.«

Kam jetzt die Frage »Von mir?«, war die Katastrophe perfekt.

Doch nein, Milan sagte erst mal gar nichts. Entweder hatte es ihm die Sprache verschlagen oder er war vor Entsetzen tot umgefallen. Endlich hörte sie ein sehr vorsichtiges »Bist du dir sicher?«.

»Hab zweimal getestet – kein Zweifel möglich!«

Wieder schwieg er. Bis er – schon ein wenig schuldbewusst? – weiterfragte: »Und was machen wir nun?«

»Wenn ich das wüsste, würde ich vor Freude im Kreis rennen.«

Erneut eine Pause, dann ein tiefer Seufzer. »Kommt 'n bisschen plötzlich, das Ganze. Damit, ich meine, damit hab ich ja im Traum nicht gerechnet …«

»Hätten wir aber *müssen.*«

Blöd, das zu sagen. Na klar hätten sie das müssen, aber war sie etwa nicht dabei gewesen?

»Wie … wie lange weißt du's denn schon?«

»Seit ein paar Stunden.«

»Und dieser Test – das sind doch solche Stäbchen oder Streifen, oder? –, ich meine, ist der denn hundertprozentig sicher?«

»So gut wie. Bin ja auch schon in der dritten Woche, da ist kein Irrtum mehr möglich.«

Erneute Sendepause, dann die Frage: »Hast du's deinen Eltern schon gesagt?«

»Dafür war noch gar keine Zeit.«

»Aber du sagst es ihnen?«

»Na, was denn sonst? Kann's ihnen doch nicht verheimlichen. Nur … nur wollte ich zuerst mit dir sprechen.«

Ja, zuallererst hatte sie mit ihm sprechen wollen. Aber was konnte er schon groß dazu sagen, er war ja genauso hilflos wie sie.

»Bist du mir böse?«

Das klang, als hätte er ihr mit dieser Schwangerschaft etwas angetan und wollte sie dafür um Entschuldigung bitten. »Nein. Wieso denn?«

Ja, wirklich, wie hätte sie ihm böse sein dürfen? Wenn sie jemandem Vorwürfe machen durfte, dann doch allein dieser behämmerten Feri Matthay, die aus lauter Liebe, Waldesduft und Seenluft ohne Netz und doppelten Boden einen zweifachen Salto mortale riskiert hatte. Er war doch einfach nur mitgesprungen.

»Komisch«, sagte er da auf einmal, »eigentlich ... na ja, eigentlich müssten wir uns ja freuen.«

Sie glaubte, sich verhört zu haben. »Wie bitte?«

»Na, ein Kind, das ist doch was irre Schönes, oder? Es kommt nur leider viel zu früh. Bin ja noch in der Ausbildung und du, du willst studieren.«

Dieses *Eigentlich*, das war genau das, was vor wenigen Minuten auch sie gedacht hatte. Sie musste weinen, er hörte es und schwieg.

»Wir ... wir«, schluchzte sie endlich, »wir werden es wegmachen lassen müssen. Es geht ja gar nicht anders.«

Sagte es und lauschte. Warum schwieg er denn jetzt so lange? Das war ja wirklich das Einzige, was sie tun konnten. Alles andere – undenkbar!

»Na ja«, druckste er schließlich herum, »nur finde ich das irgendwie nicht so gut.«

Was war denn das? Drehte er jetzt ganz durch? Er fand das *nicht gut*? Ja, dachte er denn, sie fand das gut? Was wäre denn *gut*? Wollte er Vater spielen, das Kind mit zu sich ins Jugendheim nehmen? »Spinnst du?«, schrie sie so laut, dass die Mütter auf den Bänken ihr gegenüber ganz erstaunt aufblickten. »Du findest das nicht gut? Und deshalb soll ich meine ganze Zukunft aufs Spiel setzen? Oder glaubst du etwa, meine Mutter bleibt zu Hause und passt aufs Kind auf, damit ihre doofe Tochter in aller Ruhe über ihren Studienmaterialien hocken kann? Die lacht mich aus, wenn ich ihr damit komme.«

Keine Antwort.

»Hallihallo! Bist du noch da? Ich spreche mit dir.«

»Aber was willst du denn, was ich sage?« Jetzt klang seine Stimme so heiser, als hätte er sich innerhalb der letzten zwei, drei Minuten eine Erkältung zugezogen. »Hab ja noch gar keine Zeit gehabt, über alles nachzudenken. Dass ich das mit der Abtreibung nicht gut finde, das ist ja nur so 'n Gefühl … Lass uns doch heute Abend noch mal darüber reden, ja? Ich … ich muss das jetzt erst mal verdauen.«

Sofort tat er ihr leid. »Entschuldige!«, flüsterte sie. »Hab's nicht so gemeint. Hast ja recht, kommt alles ein bisschen plötzlich. Telefonieren wir heute Abend noch mal. Aber nicht erst um zehn. Um acht? Oder um neun?«

»Um sieben.« Er verstummte kurz, dann sagte er noch: »Aber eins musst du mir glauben: Ich will, dass alles so wird, wie du's willst. Das … das ist das Wichtigste von allem.«

Zweiter Teil

AM DUNKLEN FLUSS

Ein kleiner Selbstmord

Am Morgen, im Bad, war zum ersten Mal Angst in ihr aufgestiegen. Nach der Schule hatte sie die beiden Tests gemacht, später zweimal mit Milan telefoniert und danach, beim Abendessen, den Eltern alles gestanden. Ein Tag, an dem so viel passiert war, wie zuvor nicht in einer Woche, einem Monat oder halben Jahr. Ein Tag aber auch, der sich weigerte, irgendwann zu Ende zu gehen. Feri, in ihrem dunklen Zimmer am offenen Fenster sitzend, war so überwach, dass sie befürchtete, überhaupt niemals mehr schlafen zu können.

Die Bilder in ihrem Kopf, die Erinnerung an die schöne Zeit am See und das krachende Erwachen aus dieser Traumwelt, in der sie sich so wohlgefühlt hatte, alles stand ihr so überdeutlich vor Augen, dass ihr Herz, je länger sie über alles nachdachte, immer schneller schlug.

Auf der Straße war es kaum heller als in ihrem Zimmer. Das empfand sie als angenehm; die wenigen Lichter in den Häusern gegenüber, auch die so einsam vor sich hin funzelnde Straßenlaterne direkt vor dem Haus, alles passte zu ihrer Stimmung.

Für die Eltern und auch für Caro war die Sache klar:

Abtreiben, alles andere waren Hirngespinste. Milan aber hatte auch während ihres zweiten Telefongesprächs gesagt: Wenn er sich etwas wünschen dürfte, dann würde er wollen, dass sie das Kind bekämen. Und das trotz all der Schwierigkeiten, die das für sie beide mit sich bringen würde.

War er ein Träumer, einer, der pfeifend am Abgrund spazieren ging, weil er sich aus lauter Ahnungslosigkeit vor nichts fürchtete? Wünschen, ja, wünschen konnten sie sich vieles, nur lebten sie in keiner Märchenwelt; es würde keine gute Fee kommen, sie mit ihrem Zauberstab berühren und – *pling!* – waren sie sechs, sieben Jahre älter, sie hatte ihr Studium abgeschlossen und er schon lange seine Ausbildung und glücklich fieberten sie ihrem ersten Kind entgegen …

Leises Klavierspiel ertönte. Das war die alte Klavierlehrerin aus dem Nachbarhaus, die früher einmal eine bekannte Pianistin gewesen sein soll. Diese Renate Fellini mit der riesigen Schaumkrone aus dichtem weißem Haar auf ihrem kleinen Vogelkopf hatte nie Kinder gehabt – und nie welche gewollt. Mozart, Beethoven, Tschaikowski und wie die berühmten Komponisten alle hießen, die seien ihr Leben lang ihre Kinder gewesen, wie sie der Mutter mal erzählt hatte.

Wenn sie, Feri, abtreiben ließ und danach vielleicht keine Kinder mehr bekommen konnte, würde es ihr dann ähnlich ergehen und sie all die physikalischen Gesetze oder berühmten Physiker zu ihren Ersatzkindern machen? – Kein sehr verlockender Gedanke.

Und ein Kind adoptieren oder auch zwei oder drei? Nichts als eine Notlösung. Ein eigenes Kind zu haben und später mal Enkelkinder, die noch lebten, wenn sie selbst längst auf einer Wolke saß und Harfe spielte, war das denn nur romantische Spinnerei? Dachte sie viel zu altmodisch? Caro hätte laut gelacht, hätte sie ihr solche Fortpflanzungsfantasien aufgetischt …

Ein Auto kam durch die Straße gefahren, die Scheinwerfer voll aufgeblendet. Es fuhr sehr langsam, der Fahrer oder die Fahrerin hielt nach einer Hausnummer Ausschau. – Was, wenn das Auto vor ihrem Haus halten und Milan herausspringen würde?

Verrückter Gedanke! Wie hätte er denn so schnell von Hamburg hierherkommen sollen? Und wer hätte sich wohl die Mühe gemacht, ihn zu fahren?

Das Auto hielt vor der Nummer 12. Ein schon etwas älteres Paar stieg aus, Tüten in den Händen, klingelte am Gartentor und verschwand im Haus. Im selben Moment, als hätte sie nur darauf gewartet, dass die Tür zur Nummer 12 zufiel, wurde Frau Fellinis Klavierspiel lauter. Ein Walzer, vielleicht Chopin. Wie auf einer Schaukel wippten die Töne hin und her.

Während ihres zweiten Telefonats kurz vor dem Abendessen hatte Milan wieder ganz verzagt geflüstert, dass der Gedanke, ein eigenes Kind zu haben, ja *eigentlich* eine ganz wunderbare Vorstellung sei – wenn's eben nur nicht gerade jetzt wäre …

Immer dasselbe: Ein Kind – etwas Schönes, Tolles, Irres, wenn's nur nicht gerade jetzt wäre! Das einzig Gute an Milans hilflosem Geflüster: Wenn er so redete, dann gab's in Hamburg garantiert keine andere, mit der er fest ging. Nur war das jetzt überhaupt noch von Bedeutung? Sie war schwanger, verdammt noch mal, und das hieß, sie musste entscheiden, ob sie das Kind bekommen wollte oder nicht.

Allein das war jetzt noch wichtig. Und noch schlimmer: In Wahrheit gab's ja gar nichts groß zu entscheiden. Diese viel zu frühe Schwangerschaft war dabei, all ihre Zukunftspläne zu zerstören – und deshalb *musste* sie beendet werden.

Sie hatte das Milan während ihres letzten Telefonats mit aller Deutlichkeit gesagt, aber irgendwie hatte er das nicht richtig einsehen wollen. Und deshalb hatte auch sie wieder zu zweifeln begonnen. Denn das stand fest: Entschied sie sich für den Schwangerschaftsabbruch, würde sie ewig ein schlechtes Gewissen haben. Sie kannte sich, immer wieder würde sie sich dann fragen, wie dieses Kind wohl ausgesehen, wie es gekuckt und gelacht hätte und ob es ein Junge oder Mädchen geworden wäre. Selbst wenn sie später andere Kinder bekommen sollte, dieses erste, das sie nicht gewollt hatte, würde ewig in ihrem Kopf herumspuken.

Kurz zögerte sie, dann tat sie's doch: Sie öffnete ihre Jeans und legte sich die Hand auf den Bauch, als könnte sie dieses Wesen, das da in ihr heranwuchs, bereits ertasten. Was natürlich totaler Blödsinn war. Dennoch, zwei Fragen hätte sie ihm gern gestellt: Erstens, warum es unbedingt schon jetzt zur Welt kommen wollte, und zweitens, warum es ihm so egal war, ob es erwünscht war oder nicht. Irgendwie war das Ganze ja eine große Ungerechtigkeit: Es gab Ehepaare, die versuchten jahrelang alles Mögliche, um ein Kind zu bekommen, liefen von Arzt zu Arzt und von Beratungsstelle zu Beratungsstelle und alles blieb vergebens. Und Milan und sie, zwei, die noch so unerfahren in solchen Dingen waren? Nur zweimal hatten sie miteinander geschlafen und prompt war es passiert.

Sie erwischte sich dabei, wie sie ihren Bauch streichelte, und verärgert zog sie die Hand wieder zurück. So ein Streicheln, war das denn nicht schon so eine Art Willkommensgruß?

Erst sehr spät ging sie ins Bett, schläfrig aber wurde sie nicht.

Noch vor hundert Jahren hatten sich viele Frauen nach ungewollten Schwangerschaften lieber das Leben genommen, als die Schande, ein unehelich gezeugtes Kind zur Welt zu bringen, ertragen zu müssen. Heute war das anders, ob ehelich oder unehelich, interessierte niemanden. Ja, und sah eine Mutter für sich und ihr Kind gar keine Möglichkeit, zusammenzubleiben, konnte sie es zur Adoption freigeben oder es, wenn sie sich ganz besonders hilflos fühlte, in einer Babyklappe ablegen. So vieles hatte sich geändert, nur eines nicht: Am Ende trugen noch immer die Frauen die Verantwortung für ihre Kinder, all die Milans waren fein raus.

Oder war das zu düster gedacht? Was konnte Milan

dafür, dass es immer die Mädchen oder Frauen waren, die schwanger wurden? Andererseits war es für ihn natürlich sehr viel leichter, gegen eine Abtreibung zu sein. Da wuchs dann irgendwann fern von Hamburg sein Kind heran, das er immer wieder mal besuchen und an sich drücken konnte, das ihm ansonsten aber kaum zur Last fallen würde …

Das Blut stieg ihr zu Kopf. Wie konnte sie denn so etwas denken? Ein solcher Primitivling war er ganz bestimmt nicht. Wäre er so einer, dann hätte sie sich doch garantiert nicht mit ihm eingelassen …

Ihre Gedanken verwirrten sich und dann schlief sie doch noch ein. Und träumte mal wieder Furchtbares: Da war eine große Wiese voller Kinder, die alle irgendwas spielten und vor Begeisterung schrien, sie aber stand zwischen den anderen Müttern am Rand dieser Wiese und wusste nicht, welches der vielen Kinder ihres war. Sie wusste nicht einmal, ob ihr Kind ein Junge oder ein Mädchen war. Vor Panik begann sie zu weinen und wollte fortlaufen. Die anderen Mütter hielten sie fest. »Du darfst nicht weg«, schimpften sie. »Nicht ohne dein Kind.« Da wollte sie die Mütter fragen, welches der vielen Kinder auf der Wiese denn ihres war. Aber durfte sie das? Eine Mutter musste doch ihr Kind kennen.

Ein Traum, so intensiv, dass sie daraus aufschrak und erneut lange wach lag. Aber jetzt dachte sie nichts mehr, wartete nur noch auf den Morgen, wenn auch mit einem ganz klammen Gefühl in der Brust.

Als sie aus dem Bad kam, saßen die Eltern schon beim Frühstück. Und hatten ebenfalls kaum geschlafen. Das sah Feri ihnen an.

»Guten Morgen.«

»Guten Morgen!« Ohne lange Vorrede ergriff ihr Vater das Wort. »Also, wir haben, wie du dir ja sicher denken kannst, heute Nacht noch einmal über alles nachgedacht. Und, na klar, natürlich wissen wir, dass du eine sehr schwere Entscheidung zu treffen hast. Aber sie muss nun mal getroffen werden. Und das je eher, desto besser.«

Er wollte weiter in diesem verständnisvollen Ton auf sie einreden, Feri unterbrach ihn. »Bitte, ich möchte jetzt nicht darüber sprechen. Muss auch erst noch ein bisschen über alles nachdenken.« Sagte es und griff sich ein Brötchen, als wäre es in diesem Augenblick das Wichtigste auf der Welt, erst mal ausgiebig zu frühstücken.

Feris Vater nickte. »Kann ich gut verstehen, doch bleibt dafür leider nicht unendlich viel Zeit. Wie du weißt, besteige ich morgen den Flieger, und wann ich zurück sein werde, das steht in den Sternen. Ich möchte bei der *Familienkonferenz* aber gern dabei sein, immerhin gehöre ich ja auch dazu. Außerdem ist die Sache doch nun wirklich sonnenklar: Du kannst jetzt einfach noch kein Kind bekommen. Du bist erst siebzehn, setzt damit deine ganze Zukunft aufs Spiel. Außerdem weißt du gar nicht, was es bedeutet, in deinem Alter ein Kind großziehen zu müssen.«

Die verständnisvolle Miene, sie war verschwunden. »Und dein Milan? Ich denke, du magst den Jungen.

Fragst du dich nicht, was du ihm aufbürdest, wenn du ihn so früh zum Vater machst? Er ist doch selbst noch ein Kind – noch dazu ein Heimkind! Dass solche Kinder es im späteren Leben oft nicht gerade leicht haben, ist hinlänglich bekannt. Dafür kann er nichts, aber glaubst du etwa, dass du ihm mit diesem Kind, ganz egal, wie er jetzt redet, einen Gefallen tust?«

Feri verdrückte nur still ihr Frühstücksbrötchen. Sie hatte gesagt, sie wolle jetzt nicht darüber reden, und das war ernst gemeint.

Ihr Vater wartete einen Moment, dann faltete er die Hände, als wollte er beten, und fuhr noch eindringlicher fort: »Feri! Bitte! Du bist doch wirklich noch viel zu jung, um dir ein realistisches Bild von all dem machen zu können, was auf euch einstürzt, solltet ihr dieses Kind tatsächlich bekommen. Deshalb wollen wir ja mit dir darüber reden. Tun wir's nicht, bekommen wir später ganz sicher Vorwürfe zu hören. Nach dem Motto: Warum habt ihr mich nicht gewarnt?«

Feris Mutter hielt sich noch zurück. Bleich und übernächtigt saß sie da, den Blick zum Fenster gewandt.

Feris Vater versuchte es noch einmal: »Feri! Du bist gut in der Schule, wirst ein exzellentes Abiturzeugnis bekommen und ganz sicher rasch einen Studienplatz finden. Das darfst du doch nicht einfach alles in den Wind blasen, nur weil du mal eine Dummheit gemacht hast. Wir bauen doch alle mal irgendeinen Mist. Aber bekämst du das Kind, was wäre das anderes als ein kleiner Selbstmord?«

Sie griff sich ein zweites Brötchen. Normalerweise aß sie zum Frühstück nicht mehr als eines, an diesem Morgen hielt Feri sich am Essen fest. Unerträglich, was ihr Vater da sagte. Na klar, bekam sie das Kind, würde es die alte Feri nicht mehr lange geben. Nur: Wenn sie es abtrieb, dann auch nicht! Das wäre ja kein nur symbolisch gemeinter Selbstmord, das wäre fast so etwas wie ein richtiger Mord. Jedenfalls gab es Leute, die sahen das so.

Ihre Mutter sagte noch immer nichts, rührte nur wie abwesend in ihrer Kaffeetasse.

Mit zitternder Hand bestrich Feri auch das zweite Brötchen erst mit Butter, dann mit Marmelade. Der Tag, der vor ihr lag, all die Zweifel und Grübeleien, die sie garantiert bis zum Abend und auch darüber hinaus nicht loslassen würden, wie fürchtete sie ihn. Irgendwann würde sie wissen müssen, was sie wirklich wollte. Doch immerzu darüber reden, was sollte das nützen? Am Ende musste ja doch sie, sie ganz allein, die Entscheidung treffen.

Endlich legte Feris Mutter den Kaffeelöffel zur Seite. »Mir gefällt diese Eile auch nicht«, gestand sie. »Aber selbstverständlich müssen wir das Ganze zu dritt beratschlagen. Alle drei müssen wir hinter der einmal getroffenen Entscheidung stehen. Das macht es ja auch für dich, Feri, viel leichter.«

»Und wenn ich das Kind behalten will, steht ihr dann auch hinter mir?«

Nun hatte sie doch den Mund aufgemacht. Was bedeutete es denn, dieses *hinter einer Entscheidung stehen*? Damit war doch nur gemeint, dass sie hinter der Entscheidung der Eltern stehen sollte.

Ihr Vater wollte etwas antworten, ihre Mutter unterbrach ihn. »Wie du das sagst, Feri, klingt es wie eine Erpressung. Ihr seid meine Eltern, heißt das, ich verlange von euch, dass ihr jeden meiner Schritte abnickt, auch wenn ich gerade dabei bin, einen riesengroßen Fehler zu machen. Du vergisst dabei nur eines: Du bist tatsächlich noch sehr jung, deshalb ist es unsere Pflicht, dir klarzumachen, was eine in Momenten der Gefühlsverwirrung getroffene Entscheidung für Folgen haben kann … Wir sind nun mal älter und verstehen vom Leben ein bisschen mehr. Ist nicht unser Verdienst, aber, das wirst du zugeben müssen, eine nicht wegzudiskutierende Tatsache.«

Damit war alles klar, das Ultimatum der Eltern lautete: Wir können uns nur einig sein, wenn du auf unsere Linie einschwenkst. Feri musste sich auf die Lippen beißen, um die Tränen zu unterdrücken, die schon wieder in ihr aufsteigen wollten. »Und ihr? Wollt ihr mich etwa nicht erpressen?«, brachte sie nur heraus. »Was ist denn, wenn ich abtreiben lasse und danach keine Kinder mehr bekommen kann?«

»Aber solche Fälle kommen doch nur äußerst selten vor. Das ist wie der berühmte Ziegelstein, der vom Dach fallen kann, dir direkt auf den Kopf. Darüber solltest du dir keine Gedanken machen.« Die Mutter legte ihr die Hand auf den Arm, als wollte sie sie beruhigen. »Außerdem: Wir haben es ja schon gesagt, so ein Schwangerschaftsabbruch ist wirklich kein Spaziergang. Sicher wirst du eine Weile damit zu tun haben, die ganze Angelegenheit seelisch zu verarbeiten. Aber glaube mir, das ist das wesentlich kleinere Übel – und irgendwann nur noch eine schlechte Erinnerung.«

Die ganze Angelegenheit! Wieder so ein Ausdruck, an dem Feri zu kauen hatte. »Aber hin und wieder passiert's doch? Ich meine, dass eine Frau danach keine Kinder mehr bekommen kann. Oder etwa nicht?«

»Ja natürlich, gegen bestimmte Schicksalsschläge ist niemand gefeit.« Hilflos zuckte der Vater die Achseln und machte dabei ein Gesicht, als würde er sich, könnte er es, einen dritten Weg wünschen – einen zwischen Entbindung und Abtreibung.

»Ich muss zur Schule!«

Es ging nicht mehr, sie konnte nicht länger am Frühstückstisch sitzen bleiben. Obwohl sie noch jede Menge Zeit hatte, lief sie in ihr Zimmer, griff sich die Schultasche und stürzte aus dem Haus.

Bis zur nächsten Straßenecke musste sie sich bemühen, nicht zu rennen; kaum war sie in die Seitenstraße eingebogen, die zur Schule führte, wurde sie von Schritt zu Schritt langsamer. Kam sie an einem Schaufenster vorüber, in dem sie sich spiegeln konnte, blieb sie stehen und sah hinein.

War sie noch die Feri, die sie einmal war, das eher zierliche, großäugige, rotblonde Mädchen, das so viel jünger wirkte? Ein Bauch war noch nicht zu sehen, das würde mindestens noch drei, vielleicht sogar vier Monate oder länger dauern. Obwohl: Sie würde ja gar keinen bekommen! Denn, na klar, so ganz und gar unrecht hatten die Eltern nicht: Ein Kind, jetzt, das war unmöglich.

Wenn sie aber insgeheim alles einsah, warum hatte sie die ganze Sache nicht einfach abgenickt? Was war es, was ihr daran nicht gefiel? Wieso hatte sie sich quergestellt? – Das störte sie am allermeisten: dass sie selbst so unentschieden war. Kopf und Bauch widersprachen sich mal wieder auf eine so vehemente Weise, dass sie selbst wie ohnmächtig dazwischen stand. Sie wusste einfach nicht, was richtig war.

Nur sehr langsam ging sie weiter, bis sie die Schule vor sich sah. Ein ihr bis in die letzten Ecken und Winkel vertrauter, lang gestreckter, hell angestrichener Gebäudekomplex, auf den um diese Uhrzeit viele Jungen und Mädchen zusteuerten, größere und kleine. Erneut blieb sie stehen. Was wollte sie denn dort? Musste sie nicht viel eher nach Hamburg fahren? Um mit Milan zu reden? Die ständige Telefoniererei brachte sie nicht weiter. Bei einem solch wichtigen Gespräch, da mussten sie einander doch ins Gesicht schauen können. Es war doch auch *sein* Kind.

Kaum hatte sie das gedacht, drehte sie sich schon um und begann den Weg, den sie gekommen war, zurückzuhasten. Nicht lange, und sie stand wieder vor dem kleinen Reihenhaus mit dem Vorgarten, in dem sie aufgewachsen war und das ihr bisher als eine Art »feste

Burg« erschienen war. Irgendwie hatte aber auch dieses so freundlich wirkende Haus seine Schutzfunktion verloren. – Es war alles nicht mehr, wie es einmal war.

Die Fenster waren inzwischen geschlossen, ihr Vater musste auf dem Weg zur Firma und ihre Mutter in der Praxis sein. Also würde sie in aller Ruhe Geld aus ihrer alten, ziemlich gut gefüllten Führerscheinsparbüchse nehmen und danach mit der S-Bahn nach Frankfurt und von dort mit dem nächsten Zug nach Hamburg fahren können. Wie es in Hamburg weitergehen sollte, darauf verschwendete sie keinen Gedanken. In ihrem Leib wuchs ein Kind heran, und Milan und sie mussten entscheiden, ob es leben durfte oder nicht, allein das war jetzt von Bedeutung.

Big news

Eine endlose, von zäher Ungeduld bestimmte Zugfahrt. Feri konnte aus dem Fenster schauen oder die Leute studieren, die mit ihr im Großraumwagen Richtung Hamburg saßen, sie konnte in der Zeitschrift blättern, die sie sich am Frankfurter Hauptbahnhof gekauft hatte, oder voller Unruhe immer wieder auf die Toilette rennen, die Minuten verrannen nicht schneller. Nichts, aber auch gar nichts konnte sie von den Gedanken ablenken, die in ihrem Kopf wie Bienen herumsummten; ziemlich aufdringliche, vielleicht auch ein bisschen blöde Bienen, die einen Ausweg suchten und keinen fanden.

Was wird Milan sagen, wenn sie so plötzlich vor ihm steht? Wie werden seine Erzieher dieses komische rotblonde Mädchen anstarren, das da mit einem Rucksack auf dem Rücken angereist ist und unbedingt einen ihrer Jungen sprechen will? Und die anderen Jungen? Grinsen sie doof, wenn sie nach Milan fragt? Machen sie irgendwelche anzüglichen Bemerkungen?

Vielleicht wäre es doch besser gewesen, Milan vorher anzurufen oder ihm eine SMS zu schicken, um ihre Ankunft anzukündigen. Dann wäre dieser Besuch keine solche Überrumpelungsaktion geworden und sie hätten sich irgendwo weit ab vom Heim treffen können. Anfangs hatte sie das vorgehabt, es dann aber lieber sein lassen. Was, wenn er gar nicht wollte, dass sie kam, und irgendwelche Ausflüchte erfand? Vielleicht, weil er ja doch irgendeine Hamburger Freundin hatte?

Ach, es war alles viel zu schnell gegangen. Sie hatte sich zu rasch zu dieser Fahrt entschlossen. Eine Reise wie in Notwehr. Milan, so hatte sie gedacht, war der Einzige, der wirklich mitreden durfte bei dem, was sie zu entscheiden hatte. Was die Eltern wollten, war das eine, was Milan und sie wollten, das andere. Deshalb *musste* sie mit Milan reden. Was geschehen war, hatte sie auf eine Weise miteinander verbunden, die nicht so leicht wieder zu lösen war.

Sie sagte sich das zum wiederholten Mal, wie um sich vor sich selbst zu verteidigen, und nahm sich vor, von Hamburg aus die Eltern anzurufen. Damit sie sich keine Sorgen machten. Nur durfte das auf keinen Fall vor dem Abend geschehen. Sonst sagte ihr Vater womöglich seine Dienstreise ab und bekam deswegen Ärger. Und die Mutter in der Praxis anrufen und sie damit in Panik versetzen? Wozu? Was würde das ändern?

Der Hamburger Hauptbahnhof. Nicht so groß wie der Frankfurter, aber was für ein Gewusel von Leuten, die gerade erst angekommen waren oder wegfahren wollten! Über den Köpfen das Gedröhn der Lautsprecher, das sowieso nur verstand, wer direkt unter ihnen stand. Zwischen vielen drängelnden jungen und alten Leuten, die ihre Reisetrolleys hinter sich herzogen, kämpfte Feri sich zur Rolltreppe vor, danach folgte sie dem Hinweisschild, das zu den Taxis führte.

Sie hatte sich entschlossen, ein Taxi zu nehmen. Egal, was es kostete. Sie hatte keine Lust, sich nach dieser mehrere Stunden langen Fahrt erst noch umständlich von ihrem Handy zu dem Heim führen zu lassen; sie wollte so rasch wie möglich Milan sehen.

Den Zettel mit der Adresse in der Hand, den Rucksack mit den wenigen Utensilien für eine Nacht auf dem Rücken – eilig hatte sie hineingeworfen, was ihr gerade einfiel; sie wusste ja nicht mal, ob, und wenn doch, wo sie übernachten würde –, klopfte sie an die Scheibe des Taxis, das ganz vorn stand. Der Fahrer – schütteres Haar, brauner Rollkragenpulli – blickte von seiner Zeitung auf, grinste breit, als er ihr fragendes Gesicht sah, und winkte sie hinein.

Kaum saß sie auf dem Rücksitz, nannte sie ihm die Adresse des Heimes und lehnte sich danach so schweratmend in den Sitz zurück, als hätte sie gerade erst einen Berg bestiegen.

Langsam fuhr das Taxi vom Parkplatz.

»Wo kommen Sie denn her?« Entweder war dieser Taximensch einer von der neugierigen Sorge oder er hatte Lust auf ein Schwätzchen. »Aus dem tiefen Süden oder dem hohen Norden?«

»Aus der Nähe von Frankfurt.«

»Am Main?«

»Am Main.«

»Na, das liegt ja wohl eher im Süden.« Der Fahrer bekuckte sie sich im Rückspiegel und schüttelte voller Spott den Kopf. »Aber was da für komische Sitten herrschen! In Hamburg sagt man Guten Tag, wenn man sich zu jemandem in den Wagen setzt.«

Der wollte wirklich quatschen. Vielleicht war ihm langweilig, so allein in seinem Taxi. »Guten Tag! Entschuldigung! Ich …«

»Na, na!« Jetzt lachte er verschmitzt, dieser gut gelaunte Lenkradakrobat. »Ist ja kein Beinbruch. Frag mich nur, warum Sie so keuchen. Sind Sie den ganzen Weg neben der Bahn hergelaufen?«

»Wie … wie weit ist's denn bis zu dem Heim?«, fragte sie ausweichend.

»Haben Sie die Sorge, Ihr Geld reicht nicht? Na, ich würde sagen, so etwa zwölf Euro weit. Haben Sie so viel?«

»Ja, klar! Was denn sonst?« Sie war doch nicht so naiv, mit ein paar Cent in der Tasche auf Reisen zu gehen.

»Na, dann ist's ja gut!«

Ihre Antwort hatte ein wenig zu empört geklungen, der Fahrer verlor die Lust an dem Gespräch. Schweigend ging es durch mal breite, mal schmale, aber fast immer sehr belebte Straßen. Feri schloss die Augen. Wozu hinausblicken? Die fremde Stadt interessierte sie nicht. Ihr einziger Gedanke war, dass sie in wenigen Minuten Milan gegenüberstehen würde. Dann, das sagte sie sich immer wieder, würde sie sich sehr zusammennehmen müssen. Um ihm nicht heulend entgegenzustürzen. Er aber, was würde er für ein Gesicht machen, wenn sie so plötzlich vor ihm stand, vielleicht sogar umringt von vielen anderen Jungen? Oder einer seiner Erzieher stand daneben und wollte wissen, wer sie denn überhaupt war …

Das Taxi hielt vor einem dreistöckigen, roten Backsteinbau, eine schwere schmiedeeiserne, mit dunklem Holz gefüllte, streng verschlossen wirkende Tür führte hinein. Die Straße, in der dieses Gebäude lag, war eher eine von der schmalen Sorte und keines der anderen Häuser höher als ein, zwei Stockwerke. Nichts als eine ziemlich leblos im Sonnenschein vor sich hin dämmernde Gasse war das.

Feri zahlte, verabschiedete sich höflich, stieg aus und ließ ihren Blick die einzelnen Fenster entlangwandern. Hinter welchem davon lag Milans Zimmer? Und ob er überhaupt schon aus der Berufsschule zurück war? Mittwochs hatte er ja immer Schule, da ging er nicht arbeiten. Zu dumm, vielleicht hätte sie doch lieber kein Taxi nehmen, sondern sich mehr Zeit lassen sollen.

Unentschlossen spazierte sie die stille Straße entlang. Das aber nur auf dem gegenüberliegenden Bürgersteig. – Ach, wenn er ihr doch jetzt entgegenkommen würde, auf dem Heimweg von der Schule! Dann müsste sie nicht hinein in dieses so wenig einladend ausschauende Haus, dann konnten sie sich auf irgendeine Parkbank setzen, um alles zu bereden.

Zwei-, dreimal spazierte sie hin und her, dann sah sie auf ihre Armbanduhr. Aber nun war es ja schon fast siebzehn Uhr. So lange konnte er doch gar nicht in der Schule sein. Was, wenn er längst zurück war und sie ganz umsonst vor diesem Heim auf und ab trippelte, anstatt endlich hineinzugehen? Sie holte noch einmal tief Luft, dann ging sie mit schnellen Schritten über die Straße, klinkte kurz entschlossen die schwere Tür auf und linste erst mal nur vorsichtig hinein.

Ein hoher, hallenartig gewölbter, beigefarben gestrichener Flur, steinerne Stufen führten in eine Art Hochparterre hinauf. Oben links war ein offenes, zur Seite geschobenes Glasfenster zu sehen; sicher die Anmeldung.

Mit laut klopfendem Herzen stieg sie die hohen, steilen Stufen empor und blickte durch dieses Fenster.

Ein kleines Büro. Ein Mann saß drin. Er trug einen blauen Kittel, auf seinem altertümlich anmutenden Schreibtisch stand eine Thermoskanne, neben einem voll gequalmten Aschenbecher lag eine angebrochene Packung Zigaretten. Der Mann, sicher der Hausmeister oder so, musste sie schon gehört haben. In der einen Hand den Becher mit Kaffee oder Tee, in der anderen eine frisch angezündete Zigarette, blickte er ihr entgegen.

Sie grüßte höflich und fragte, ob Milan Vesely zu sprechen sei. Das klang irgendwie steif, aber welches wären wohl die richtigen Worte gewesen?

Sofort musterte der Mann – klein und wuchtig, Mund eckig wie ein Briefkastenschlitz – sie noch aufmerksamer. »Sind Sie 'ne Verwandte?«

Was sollte sie denn darauf antworten? Milans Cousine? Seine Freundin? Das Mädchen, das er geschwängert hat? »Nein, aber wir kennen uns gut. Ich … ich muss ihn was fragen.«

Der Blaukittel trank von seinem Kaffee oder Tee und zog an seiner Zigarette. »Und wie heißen Sie?«

»Jennifer. Jennifer Matthay.«

»Na, dann warten Se mal.« Er stellte seinen Becher ab, stand auf und öffnete die Tür hinter sich, die zu dem Flur führte, der nach rechts und links abging. »Milan!«, trötete er laut. »Miilaan! Besuch für dich.«

Irgendeine Antwort erfolgte nicht, doch waren mit einem Mal Schritte zu hören. Feri spürte, wie es ihr den Hals zuschnürte. Milan! Gleich würde er vor ihr stehen. Ob er wohl sehr überrascht war? Und, verdammter Mist, wie sollte sie ihm denn ihren Besuch erklären, solange dieser qualmende Briefkasten dabei war?

Die Schritte kamen näher – und dann stand nicht Milan vor ihr, sondern dieser eher blasse, hellblonde Junge, den sie schon kannte; der Fußballspieler mit dem schiefen Blick, den sie am Abend, als sie vor den Eltern geflüchtet war, gebeten hatte, Milan zu holen. »Du?«, staunte er. »Was machst du denn hier?«

»Ich … ich will zu Milan«, konnte sie nur stottern, so überrascht und verlegen war sie.

»Der ist nicht da.« Der Junge überlegte kurz, dann hielt er ihr die Hand hin. »Ich heiße Daniel.«

»Jennifer.« Sie nahm seine Hand, blickte unsicher den Blaukittel an, der wieder an seinem Schreibtisch Platz genommen hatte, und fragte nur noch leise, wo Milan denn war und ob er bald wiederkommen würde.

»Er kommt bestimmt bald«, antwortete Daniel. »Kannst in unserem Zimmer auf ihn warten.«

Und damit nahm er ihr schon den Rucksack ab und bog vor ihr her in den Flur ein, in die Richtung, aus der er gekommen war. Ihr blieb gar nichts anderes übrig, als ihm zu folgen.

Rechts und links viele Türen; eine davon führte in das Zimmer, das Feri schon kannte. Sie hatte die Fotos auf ihrem Handy. Neben dem linken Fenster, an der Zimmerdecke befestigt, hing Milans Punchingball, die Wände waren voller Poster irgendwelcher Fußballstars und Boxer. Zwei Betten, zwei schmale Schränke und zwischen den beiden Fenstern ein viereckiger Tisch, neben dem zwei Stühle standen, füllten den Raum.

»Setz dich.« Daniel warf ihren Rucksack auf eines der Betten, ließ sich auf einen der Stühle fallen, lehnte sich weit zurück und musterte sie schief.

Wirklich kein sehr sympathischer Typ, obwohl er für sein irgendwie grau wirkendes, blasses, nicht wenig verpickeltes Gesicht ja nichts konnte.

Sie setzte sich und er grinste ihr zu. »Hab schon lange gewusst, wohin Milan jeden Abend verschwunden ist, damals am Waldsee.«

»Na und?«

Was sollte denn das? Glaubte er etwa, dass sie sich für irgendetwas zu schämen hatte?

Er antwortete nicht gleich, sah sie nur weiter so schief an. Ein Blick, der ihr immer unangenehmer wurde. Und jetzt musterte dieser Pickelini auch noch ihren Busen, als schien ihn ganz besonders zu interessieren, warum der nicht größer war.

Sie stand auf und griff sich ihren Rucksack. »Ich warte lieber draußen.«

Er war schneller und stellte sich ihr in den Weg. »Was findest du denn eigentlich an Milan? Hast du Mitleid mit ihm?«

Sie spürte, wie sie rot wurde, und das ärgerte sie. Was war das denn für einer? Wie konnte er sie so etwas fragen? »Was geht dich das an?«, brachte sie nur heraus. »Sag mir lieber, wo er ist und ob er wirklich bald kommt.«

»Wo soll er schon sein?« Dieser Daniel rührte sich nicht von der Stelle, sein Blick wurde spöttischer. »Er hatte heute Schule, und da besucht er hinterher immer seine Mutter. Weil er's dann nämlich nicht so weit hat ... Ja, und das mit dem Mitleid? Das ist 'ne klasse Masche. Haben ja viele Mädchen Mitleid mit dem armen, hübschen Milan. Und was machen sie dann? Dann trösten sie ihn so lieb, wie es lieber gar nicht geht. – Hast du doch auch getan, oder?«

Sie fuhr zurück, als hätte er sie geschlagen. Was hatte er gesagt – Milan besuchte gerade seine *Mutter*? »Erzähl doch nicht solchen Scheiß«, schimpfte sie los. »Milan hat ja gar keine Mutter mehr. Sie ist doch tot ... genau wie sein Vater.«

»Ach!« Ein triumphierendes Lächeln stahl sich in sein Gesicht. »Hat er das gesagt? Hat er gesagt, dass seine Mutter tot ist?«

»Ja, natürlich!«

»Und sein Vater auch?«

»Na, was denn sonst! Es war doch ein Unfall ... mit dem Auto ... Deshalb hat er ja nur noch einen Arm.«

»Nicht zu fassen!« Wie er jetzt loslachte, dieser seltsame Daniel, wie er sich auf die Schenkel schlug und dabei immer lauter lachte. »Also auf diese Weise schafft er's, bei euch zu landen. Er ist nicht nur der arme Behinderte, er hat auch keine Eltern mehr? – Tolle Idee, muss ich unbedingt mal ausprobieren!« Und schon verzog er das Gesicht und plärrte: »Keine einzige Mutter hab ich mehr! Keinen einzigen Vater! Alle tot! Mausetot! Und meinen Arm, den hab ich zur Organspende freigegeben. Gibt ja so viele, die gar keinen haben.«

Ihre erste Reaktion war Empörung. Was tischte dieser verpickelte Schiefling ihr denn da für Unverschämtheiten auf? War er eifersüchtig auf Milan, weil er ihm als Typ nicht das Wasser reichen konnte? Dann jedoch, ob sie wollte oder nicht, begann sie zu zweifeln: War es möglich, dass dieser Daniel sie so frech belog? Wenn aber nicht, was bedeutete das anderes, als dass Milan sie belogen hatte? Nur: Warum sollte er das getan haben? Etwa, weil er schon öfter Mädchen auf diese Weise herumgekriegt hatte?

Wieder wollte sie aus dem Zimmer, wieder trat Daniel ihr in den Weg. »Big news, was? Aber tut mir leid, kann dir leider nichts anderes erzählen. Fakt ist: Milans Mutter lebt, ist 'ne pralle Säuferin und deshalb schon vor 'n paar Jahren in der Klapsmühle gelandet. Und sein Vater, so 'n Tscheche mit ganz besonders langen Fingern, saß öfter mal im Knast, ist nach Prag zurück und kümmert sich 'n Scheiß um seinen hübschen Sohn. – So, nun weißte Bescheid! Aber gib nicht mir die Schuld daran, dass du auf seine Mitleidsmasche hereingefallen bist.«

»Lass mich vorbei!«

Sie wollte um ihn herum, da packte er plötzlich zu, hielt sie an der Jacke fest – und machte auf einmal ein ganz anderes, vielleicht sogar werbendes Gesicht. »Wo willst du denn jetzt hin? Weißt du, das Ganze tut mir wirklich leid. Da bist du nun extra nach Hamburg gekommen, na ja, und da musst du so was hören ... Aber wenn du schon mal in Hamburg bist, da könnte ich dir doch 'n bisschen was von der Stadt zeigen, bevor du wieder nach Hause fährst. Den Hafen und das alles.«

»Hau ab!« Mit beiden Fäusten stieß sie ihn zur Seite, lief aus der Tür – und prallte im Flur mit einem vollbärtigen Riesen zusammen.

»Hallo!«, rief er belustigt. »Wer kommt denn da angeflattert?« Und er hielt sie fest und sah sie freundlich an. »Sind Sie das Mädchen, das zu Milan wollte? Na dann: Herzlich willkommen! Wie wird er sich freuen, wenn er Sie sieht.«

Eine ungeschönte Geschichte

»Kleinschmidt«, so stellte der hagere Riese sich ihr später vor. Da saß er aber schon im Erzieherzimmer hinter seinem Schreibtisch, und Feri saß davor, als wäre sie einer der Jungen aus dem Heim, mit dem er etwas zu bereden hatte. Also war er jener *Mister Pritt*, von dem Milan gesagt hatte, dass er öfter nach Klebstoff roch, weil er mit den kleineren Jungen immerzu irgendetwas bastelte. Je länger sie diesen Erzieher ansah, desto besser konnte sie nachvollziehen, weshalb Milan so viel Vertrauen zu ihm hatte. Ein Riese von der eher gutmütigen Art; einer, dem man sich anvertrauen konnte, wenn man Probleme hatte.

Sehr verwaschene Jeans trug er und über dem weißen T-Shirt einen steingrauen, nicht gerade ladenneuen Pullover. Äußerlichkeiten schienen ihn nicht sehr zu interessieren. Etwas über dreißig musste er sein, und zwei Marotten hatte er, wie ihre Mutter so etwas nannte. Mal zog er die Schultern hoch, als juckte ihm etwas im Rücken, mal kratzte er sich den dichten Vollbart, als hätten sich irgendwelche Insekten darin eingenistet.

Nachdem sie ihm in die Arme gelaufen war, hatte sie

ihn eher unsicher angeblickt, er aber hatte nur weiter so freundlich gelächelt und wissen wollen, weshalb sie denn so plötzlich weglaufen wollte. Milan müsse doch jede Minute kommen. Ja, und da hatte sie nicht anders gekonnt, sie hatte losheulen müssen, und daraufhin hatte er sie in dieses Zimmer geführt, als wäre es so eine Art Schutzraum vor allen Unbilden der Welt. Und nun saß sie da, vor diesem mit Aktenordnern und allen möglichen Schreibutensilien beladenen Schreibtisch, schniefte und schniefte und bekam sich noch immer nicht ein.

Er ließ sie in ihr Taschentuch weinen, bis er fragte, was denn eigentlich passiert sei. »Hat Daniel sich nicht gut benommen?«

Stumm schüttelte sie den Kopf. Weshalb diesem Jungen Ärger machen? Er hatte ihr ja nichts getan, hatte ihr nur ein paar Wahrheiten mitgeteilt, wie ihr seither immer deutlicher bewusst geworden war. Das allerdings auf eine ziemlich fiese Art.

»Und warum wollten Sie dann weg? – Sie wollten doch ganz offensichtlich nicht länger warten.«

Wieder schüttelte sie erst nur den Kopf, dann aber musste sie loswerden, was sie bewegte. »Stimmt es, dass Milans Eltern gar nicht tot sind?«

»Also das hat Daniel Ihnen gesagt!« Der Herr Kleinschmidt hinter seinem Schreibtisch schien sich so etwas Ähnliches schon gedacht zu haben. »Mal wieder typisch für ihn. Er spielt gern den, der die ›Lügen‹ der anderen aufdeckt. Verletzt dabei leider auch mal jemanden. Das liegt in seiner Geschichte begründet, über die ich Ihnen aber nichts erzählen möchte. Wir sollten jetzt ja auch nicht über Daniel reden, sondern besser über Milan, oder?«

Eine Frage, die keine Antwort erforderte. »Milan ... er hat mir erzählt, dass seine Eltern nicht mehr leben. Sie ... sie wären bei einem Unfall umgekommen, hat er gesagt.«

Ein Weilchen sah dieser Mister Pritt sie nur prüfend an, dann nickte er sich selber zu, als hätte er sich zu einem Entschluss durchgerungen. »Na, da hat er dir tatsächlich ein bisschen was vorgeflunkert, unser guter Milan.« Er seufzte. »Um zu verstehen, warum, tja, da musst du wohl die wahre Geschichte zu hören bekommen. Ist weder meine Aufgabe noch mein Recht, dich in dieser Weise aufzuklären, doch glaube ich, dass du irgendwie ein Anrecht darauf hast, jetzt, nachdem Daniel mal wieder den Wahrheitsapostel gespielt hat.«

Feri wurde es immer ungemütlicher zumute. Was würde sie denn *noch* zu hören bekommen? Und warum duzte der Mann vor ihr sie mit einem Mal, als wäre sie einer der Jungen aus dem Heim? – Ach, sie hätte doch besser auf die Eltern hören und sich, ohne erst lange darüber nachzudenken, bei der nächsten Schwangerenberatung anmelden sollen. Dann würde sie sich jetzt nicht eine »Wahrheit« nach der anderen anhören müssen.

»Das Problem ist«, – Mister Pritt juckte es mal wieder im Rücken –, »dass Milan dir eine – nun ja, sagen wir mal so – ziemlich geschönte Geschichte erzählt hat und ich dir nun die ungeschönte Variante auftischen muss. Leider keine leicht verdauliche Kost.«

Vorgeflunkert, geschönte Geschichte? Was sollte denn das? Entweder hatte Milan sie belogen oder nicht! Was gab's da groß drum herumzureden?

Mister Pritt ahnte, wie ihr zumute war, stand auf, schob beide Hände in die Gesäßtaschen seiner Jeans und begann mit langen Schritten in dem kleinen Zimmer auf und ab zu wandern. Erst nach längerer Zeit fing er an zu erzählen.

Milan war als Pechvogel auf die Welt gekommen. Als hätte sich alle Welt vom ersten Tag an gegen ihn verschworen. Wer aber trug die Schuld daran? Seine Eltern? Die waren, so Mister Pritt, jeder auf seine Art selber Unglückswürmer.

Milans Vater, ein noch sehr junger, gut aussehender, schwarzlockiger Kellner aus Prag, hatte im reichen Deutschland sein Glück machen wollen; Milans Mutter, Kind einer wohlhabenden Akademiker-Familie, die oft zu Gast war in dem Hamburger Restaurant, in dem der junge Tscheche arbeitete, verliebte sich bald in den hübschen Kerl, der so voller weitreichender Zukunftspläne war. Und auch er verliebte sich jeden Tag mehr in sie – in das Mädchen, das aus der Welt kam, in die er sich hineinträumte. Und weil die Liebe so groß war, zogen die beiden schon bald zusammen, obwohl ihre Eltern ihr diesen »Schritt in die falsche Richtung« mit allen möglichen Vorhaltungen und Drohungen ausreden wollten.

»Damit begann ihr Unglück.« Mister Pritt nickte, als ob er, was er berichtete, in diesem Augenblick vor sich sah. »Denn was passierte? Das Mädchen, gerade achtzehn, schmiss schon bald die Schule und kellnerte auch. Und war der lange Arbeitstag vorüber, wurde getrunken. Anfangs wohl nur, um sich besser all den rosigen Zukunftsplänen hingeben zu können, die das Leben des jungen Mannes bestimmten, später, weil sie sich die Gegenwart schöntrinken mussten. Denn irgendwie dauerte es mit dem Eintritt in das süße Leben viel zu lange. Und weil er so voller Ungeduld war, tja, da griff der junge Mann eben öfter mal in die Kasse des Restaurants, in dem sie arbeiteten. Er wollte ja irgendwann sein eigenes tschechisches Spezialitäten-Restaurant eröffnen. Das ging nicht ohne viel mehr Geld, als mit Kellnern zu verdienen war. Der Diebstahl flog auf, und da man vor Gericht bei dem jungen Mann kein wirkliches Unrechtsbewusstsein feststellen konnte, erschien dem Richter eine Bewährungsstrafe nicht möglich.«

Also hatte Daniel wirklich nicht gelogen, Milans Vater hatte tatsächlich im Gefängnis gesessen. Feri bemühte sich, den groß gewachsenen Mann, der da vor ihr auf und ab wanderte, nicht anzublicken. Die Frage blieb, was das alles mit der Story vom *Unfall* zu tun hatte. Dass Milans Vater mal im Knast saß, entschuldigte das etwa, dass er ihn ihr gegenüber für tot erklärt hatte?

»Von dieser Zeit an«, so Mister Pritt weiter, »war das junge Mädchen auf sich selbst gestellt – und bereits im siebten Monat schwanger. Wo sollte sie hin, wer konnte helfen? Ihre Eltern? Für die war sie gestorben. Es sei allein ihre Schuld, dass sie sich so leichtfertig weggeschmissen habe, das bekam sie zu hören ... Tja, und nun folgten schlimme Monate für die junge Frau! Vor allem nach Milans Geburt. Zwar half ihr die Stadt – sie bekam schon bald einen Kita-Platz –, aber an den Abenden war sie mit Milan allein. Und was tat sie dann? Sie tat, was sie inzwischen gelernt hatte – sie trank! Trank sich allen Kummer von der Seele.«

Zehn Monate saß Milans Vater im Gefängnis. Die von Milans Mutter erhoffte vorzeitige Entlassung wegen guter Führung kam nicht infrage, weil er sich auch in der Haftanstalt uneinsichtig gezeigt und öfter mit den Strafvollzugsbeamten angelegt hatte. Dennoch schienen, als er aus dem Gefängnis entlassen wurde, bessere Zeiten anzubrechen. Das junge Paar heiratete und der Sohn bekam den Namen seines Vaters. Schon nach einem halben Jahr aber: die Katastrophe! Denn Milans Vater hatte seine Träume noch immer nicht aufgegeben. Er sah nur keine Möglichkeit, sie zu verwirklichen. Und wer trug die Schuld daran? Frau und Sohn; Klötze an seinem Bein. Er warf Milans Mutter vor, alles Geld, das sie verdienten, für Kleider und Schuhe und das verwöhnte Kind auszugeben und außerdem viel zu viel zu trinken. Und trank doch selbst immer mehr. Und waren Milans Eltern betrunken, stritten sie miteinander, und immer öfter schlugen sie sich und die Nachbarn mussten die Polizei rufen. Und der kleine Milan erlebte alles mit.

»Ja, und da lief er eines Abends – kaum drei Jahre alt – laut weinend auf seine sturzbetrunkene Mama zu, weil sein Vater mal wieder auf sie eingeschlagen hatte. Und seine in diesem Augenblick ohne jeden Verstand reagierende Mutter, was tat sie? Sie packte den kleinen Jungen, um ihn seinem Vater, der gerade aus der Tür wollte, nachzuwerfen … Er fiel zwischen Tür und Türrahmen, die Tür schlug zu – und sein rechter Arm wurde zertrümmert … So schlimm, dass er nicht mehr zu retten war.«

Feri spürte, wie ihr alles Blut aus dem Kopf wich. Also das war die wahre Geschichte! Das war der *Unfall*! Der blanke Horror, nichts anderes.

»Wie's weiterging?« Mister Pritt kratzte sich mal wieder den Bart. »Sein Vater landete noch das eine oder andere Mal im Gefängnis. Immer aus demselben Grund. Auch ließ er sich von diesem Tage an nicht mehr blicken und kehrte irgendwann in seine Heimat zurück. Seine Frau, längst von ihm geschieden, und auch Milan interessieren ihn nicht mehr.«

»Und Milans Mutter?«, konnte Feri nur noch leise fragen. »Lebt sie denn wirklich in einer … Anstalt?«

»Sie ist in psychiatrischer Behandlung … Ging ja alles über ihre Kräfte. Nachdem das mit Milan passiert war, wurde sie zu einer Bewährungsstrafe verurteilt und Milan ihr weggenommen. Und da seine Großeltern mütterlicherseits mit ihrer Tochter – und so auch mit Milan – nach wie vor nichts zu tun haben wollten, kam er ins Heim … Seine Mutter ist mit alldem nie fertig geworden. Sie begann sich selbst zu hassen, verfiel gänzlich dem Alkohol und unternahm mehrere Suizidversuche. Sie benötigte Betreuung und kam in die Psychiatrie.«

Mister Pritt setzte sich, schlug die langen Beine übereinander und blickte ein Weilchen still in sich hinein, bevor er fortfuhr: »Was Milan in all der Zeit gelitten hat, das können wir uns nur schwer vorstellen. Auch in den Jahren zuvor, wenn seine Mutter ihn besuchte. Sie kam immer erst, nachdem sie sich genügend Mut angetrunken hatte. Die anderen Kinder lachten dann über diese ›komische‹ Frau, und so wäre es ihm bald lieber gewesen, sie wäre nicht mehr gekommen ... Was aber nicht heißt, dass er sie ablehnt. Im Gegenteil, er besucht sie jede Woche. Und das, obwohl sie ihn oft gar nicht mehr erkennt.«

»Und die Großmutter in Prag?« Feri musste jetzt einfach etwas sagen. »Warum hat die ihn denn nicht genommen? Er hat mir erzählt, auch sie hätte ihn ab und zu besucht ... Oder ist auch das nicht wahr?«

»Nein, nein, das stimmt!« Dankbar, dass er wenigstens einen Teil von Milans Geschichte bestätigen konnte, hob Mister Pritt beide Hände. »Als er noch klein war, kam sie manchmal und brachte ihm Spielzeug oder Süßigkeiten mit ... Sie hat aber wohl nur ganz wenig Deutsch gesprochen und muss bald darauf gestorben sein. Er sagt, sie sei schon lange krank gewesen.«

Feri sah alles wieder vor sich: Den Abend, an dem sie Milan nach seinen Eltern gefragt hatte ... Er hatte so ausweichend geantwortet, als hätte er am liebsten gar nichts erzählt. Jetzt wusste sie, warum. Hätte sie hellhöriger sein müssen? – Fakt war: Mister Pritt hatte recht, Milan hatte ihr eine *geschönte* Kindheitsgeschichte aufgetischt. Den Arm bei einem Unfall verlieren, das wäre so etwas wie höhere Gewalt gewesen. Schicksal. So etwas konnte jedem passieren. Die wahre Geschichte war viel schrecklicher, so etwas verschwieg man lieber.

»Und dass er einen Beruf erlernt, also dass er Dekorationsmaler werden will?«

Sie hielt die Stille im Raum nicht länger aus. Ein einarmiger Zeichner und Maler – noch dazu einer, der alles mit links bewerkstelligen wollte –, auch das klang nicht besonders glaubwürdig.

»Doch, doch!« Wieder hob Mister Pritt beide Hände, diesmal, um einen ganz und gar unberechtigten Verdacht abzuwehren. »Das ist weder geschönt noch gelogen. Sie haben ihn dort sogar mit Kusshand genommen. Er ist ja wirklich ein sehr begabter Zeichner und ein noch viel besserer Maler. – Warte, ich zeig dir was.«

Und schon lief er in den Flur, um mit einem Bild in den Händen zurückzukommen. Es hatte dort an der Wand gehangen. »Hier!« Stolz legte er es vor sie hin. »Das hat er gemalt, als er fünfzehn war.«

Ein paar sehr, sehr alte, an den Rändern ausgefranste, knöchelhohe, braun-schmutzige Schnürschuhe waren darauf zu sehen. In einem davon steckte eine grüne, umgedrehte, offenbar leere Flasche. Die Aufschrift auf dem Etikett war knallrot, halb verbrannt und sehr verwischt.

Ein beeindruckendes Stillleben; ein richtiges kleines Ölgemälde. Sie sah das sofort.

»Malen und Boxen«, sagte Mister Pritt, »das sind

Milans zwei Leidenschaften. Jeder fragt sich, wie er das schafft, aber er ist nun mal keiner, der schnell aufgibt.«

Ging das gegen sie? Befürchtete Milans Erzieher, sie könnte Milan aufgeben, nachdem sie wusste, dass er ihr, was seine Eltern betraf, etwas vorgelogen hatte? – Keine ganz unberechtigte Befürchtung. Okay, an jenem Abend, als er ihr das Märchen vom Unfall vorlog, hatte er sich für seine Eltern geschämt – wer dafür kein Verständnis hatte, besaß weder Herz noch Verstand. Auch waren sie an jenem Abend einander ja auch noch völlig fremd gewesen. Aber später, vor allem nach den letzten beiden Abenden, hätte er sie da abreisen lassen dürfen, ohne zuvor reinen Tisch zu machen? Ja, und nach ihrer Heimkehr, hatten sie sich etwa nicht versprochen, sich gegenseitig immer alles zu sagen? Er konnte doch, als er das von ihr verlangte, nicht vergessen haben, dass sie noch immer glaubte, dass er keine Eltern mehr hatte.

Was aber noch viel schwerer wog: Als Daniel ihr von Milans Eltern erzählte, hatte er die Wahrheit gesagt – warum sollte er, als er von Milans Mädchengeschichten sprach, gelogen haben? Das Märchen vom Unfall war bei einigem guten Willen ja noch irgendwie verzeihbar. Das andere nicht. Wenn das mit der Mitleidsmasche stimmte, dann boxte und malte Milan nicht nur, dann war er auch ein Superschauspieler. Eben, weil er gerade nicht auf Mitleid machte.

In diesem Moment – es war wie im Film –, kaum hatte sie das gedacht, hörte sie mit einem Mal Milans Stimme. Sofort sprang sie auf, stürzte zum weit offen stehenden Fenster und sah hinaus. Und tatsächlich, sie hatte sich nicht verhört, er stand direkt unter ihr. Doch sprach er mit keinem Erzieher oder einem der Jungen aus dem Heim – ein Mädchen stand neben ihm, groß, hübsch, blond; nicht unähnlich der, von der sie mal geträumt hatte. Und nicht genug, dass er diese Blonde anstrahlte, jetzt umarmten – und küssten! – sie sich auch noch!

»Ist was?« Auch Mister Pritt sah hinaus – und freute sich. »Da ist er ja! So brauchst du nicht länger zu warten. Lauf hin, aber stell ihn nicht gleich zur Rede. Versuch, ihn zu verstehen.«

Dummerweise sagte sie »Danke!«, warf sich den Rucksack über die Schulter und lief los. Aber nur bis in den Flur. Dort stand sie und wusste nicht weiter. Ihr war auf einmal ganz mies im Bauch.

Wo sollte sie denn jetzt hin? War ja klar, dass sie nicht zu Milan lief. Was sollte sie denn dort? Etwa die Blonde angiften? Bloß nicht; sie hatte sich heute schon genug blamiert.

Ohrfeigen

Ihr blieb gar nichts anderes übrig, als sich zu verstecken. Hinter einem hohen Flurschrank verborgen, hörte sie Milan und das Mädchen das Haus betreten und wartete ab, bis ihre Schritte verklungen waren. Zum Glück lag Milans Zimmer im Erdgeschoss, so kamen sie nicht die Treppe hoch. Erst nachdem längere Zeit alles ruhig geblieben war, hastete sie weiter, die Treppe runter, an dem Hausmeisterbüro vorüber, raus aus diesem Haus voller Albträume. Dabei blickte sie weder nach rechts noch nach links; eine Flucht wie ein Sturzflug. Doch schaffte sie es, nicht zu heulen; die Wut in ihr trocknete alle Tränen.

Nach längerem Suchen fand sie eine Bushaltestelle und nun stand sie wieder auf dem Hamburger Hauptbahnhof. Über den Gleisen die vielen kleinen Fressläden, auf den Bahnsteigen das nicht abebben wollende Gewimmel der Reisenden. Ihr Zug, so hatte ihr der Fahrplan verraten, fuhr erst in einer Stunde. Also musste sie warten. Doch nur still auf einer Bank sitzen? Das brachte sie nicht fertig. Noch immer dieses Bild vor sich – Milan und die Blonde in inniger Umarmung; der Kuss! –, wanderte sie zwischen all diesen hastigen Aufgeregtheiten hin und her.

Was war sie doch für ein dummes, ahnungsloses Huhn gewesen! Wie hatte sie nur auf diese Mitleidsmasche hereinfallen können! Einarmiger Boxer! Ja, gerade dass Milan *nicht* auf Mitleid gemacht hatte, das war seine supergrandiose *Masche*. Hätte er sich anders gegeben, hätte sie ihn garantiert durchschaut.

Aber vielleicht war das ja gut so, jetzt musste sie wenigstens nicht länger zweifeln, wie sie sich entscheiden sollte. – Ihr so viel Liebe vorzuheucheln! Und am Telefon zu behaupten, er freue sich auf das Kind. Vielleicht tat er das ja auch wirklich. Warum denn nicht? Einfach mal ein Kind basteln, dem man aus der Ferne zuwinken konnte ... Nicht zu glauben, dass sie sich so von ihm täuschen lassen hatte.

Keine Frage, die Lüge vom *Unfall* hätte sie sicher bald weggesteckt. Bei aller Enttäuschung, dafür hätte sie irgendwann Verständnis gehabt. War ja wirklich furchtbar, was er als Kind alles erleben und womit er all die Jahre über fertig werden musste. Eine Geschichte, die sie garantiert nie vergessen würde. Genauso wie die seiner Eltern: Ein Mädchen liebt einen jungen Mann, den ihre Eltern ablehnen. Sie hält zu ihm, bekommt ein Kind, wird unglücklich und trinkt und stürzt am Ende auch noch ihr eigenes Kind ins Unglück ... Schicksale, wie sie sie bisher nur aus dem Fernsehen kannte. Und, ja, hätte sie denn beinahe nicht Ähnliches erlebt? Zwar lehnten ihre Eltern Milan nicht direkt ab, aber das vielleicht nur, weil sie ihn noch gar nicht kannten. Ein einarmiger Junge, der in einem Jugendheim lebte, nichts studierte und außer gut malen, boxen und Mädchen anmachen nichts konnte, so einen hatten sie garantiert nicht auf ihrer Liste, wenn sie an die Zukunft ihrer Tochter dachten …

Ihr Handy klingelte. Zu dumm, nachdem sie der Mutter mitgeteilt hatte, wo sie war und wann sie zu Hause sein würde, hatte sie vergessen, es auszuschalten. Ein kurzer Blick ins Display – alles klar: Milan! Also hatten Daniel oder dieser Mister Pritt ihm inzwischen von ihrem Besuch erzählt und der Erzieher vielleicht auch, dass er gar nicht anders gekonnt hatte, als ihr die Wahrheit über seine Eltern zu beichten. Ja, und jetzt wollte er ihr sein Märchen erklären. Dass sie ihn mit der Blonden gesehen hatte, wusste er ja nicht.

Sie drückte den Anruf weg, schaltete das Handy aus und machte ein finsteres Gesicht. Ein schwammiger Typ – Fischmaul, beide Ellbogen auf einen Stehtisch gestützt, sicher schon die x-te Flasche Bier in der Hand – hob erstaunt die Augenbrauen. Sie blickte zurück, als wollte sie ihn in den Boden stampfen, und ging weiter.

Mist, dass sie so lange warten musste! Erst nach ein Uhr morgens sollte ihr Zug in Frankfurt eintreffen. Und dann fuhr keine S-Bahn mehr. Was bedeutete, entweder drei, vier Stunden auf die erste Bahn zu warten oder sich ein Taxi zu nehmen. Natürlich hatte ihre Mutter sie gedrängt, ein Taxi zu nehmen; nur nicht allein nachts im Bahnhofsviertel herumtreiben, die Kosten spielten keine Rolle. Aber danach, wie die Eltern sie ansehen würden und was sie sagen sollte nach dieser überstürzten, ganz und gar eigenmächtigen und in einer solchen Pleite endenden Fahrt nach Hamburg …

War ja ohnehin ein ziemlich seltsames Gespräch gewesen. Sie hatte Vorwürfe erwartet, doch nein, die Mutter hatte sich zusammengenommen. Nichts als große, frohe Erleichterung darüber, dass sie sich endlich gemeldet hatte, hatte sie aus ihrer Stimme heraushören können …

Hunger! Jetzt hatte sie Hunger. An einem Bratwurststand ließ sie sich eine Currywurst mit Brötchen auf den Pappteller legen und eine Cola in die Hand drücken und stellte sich neben einem älteren Paar an einen der Stehtische.

Auf die Dauer keine angenehme Gesellschaft. Die Frau – klein, dünn, knallrot gefärbtes Haar –, mit scharfen Mäuseaugen musterte sie das junge Mädchen, das da so ganz allein auf Reisen war. Der Mann daneben – ganz offensichtlich *ihr* Mann – das perfekte Gegenstück zu dieser bunten Maus: dick und wuchtig und mit einer so übergroßen Zunge ausgestattet, dass sie in seinem Mund nicht genügend Platz zu finden schien. Sagte er etwas zu seiner Frau, sah es aus, als wüsste er nicht, wohin mit diesem Klumpen.

Am besten nicht beachten. Sollten die beiden sie doch studieren wie eine Landkarte, sie musste sich diesen Anblick nicht antun. Gelangweilt wandte sie sich ab – und erstarrte: Milan! Noch immer in der roten Windjacke, die er trug, als er mit der Blonden zu Gange war, lief er zwischen all diesen Fressständen hindurch, als suchte er sie. – Nein, nicht *als* suchte er sie: Er suchte sie! Total verschwitzt war er und völlig außer Atem; die schwarzen Locken, wirr hingen sie ihm in der Stirn.

Rasch stopfte sie sich den Wurstrest in den Mund, stürzte die Cola hinunter, und dann duckte sie sich schon, um im Gewühl zu verschwinden. – Was sollte denn das? Wozu suchte er sie? Wollte er auf keines seiner Mädchen verzichten?

Erst hinter einem schrill reklamebeleuchteten Getränketresen, der auch alle möglichen Sorten Alkohol im Angebot hatte, blickte sie zurück. Er war nicht mehr zu sehen, doch musste sie aufpassen, wenn sie nicht wollte, dass er plötzlich hinter ihr stand.

Die Schnapsflaschen im Regal hinter dem Tresen erinnerten sie an Milans Ölbild: die Schnürschuhe mit der leeren Flasche. Was er sich dabei wohl gedacht hatte? Die leere Flasche, keine Frage, stand für den Alkoholismus seiner Eltern. Aber die alten, längst nicht mehr tragbaren Schuhe? Sollten sie Vater und Mutter darstellen, zwei, die durch die Flasche kaputt gemacht worden waren?

Ja, malen konnte er. In dieser Hinsicht hatte er sie nicht belogen … Sie biss sich auf die Lippen. Jetzt bloß nicht heulen. Das hatte er doch gar nicht verdient.

Da! Da war er wieder. Noch immer umkreiste er die Imbissstände. Und das offensichtlich ziemlich aufgeregt. Aber vielleicht ja nur, weil sie schwanger von ihm war und er sich wirklich ein Kind wünschte, ganz egal, von welchem Mädchen …

Zeit, sich auf den Bahnsteig zu wagen. In fünf Minuten fuhr ihr Zug. Im Pulk anderer Reisender und sich dabei immer wieder vorsichtig umblickend, stieg Feri die Treppe zu den Gleisen hinunter. Jetzt musste sie ganz besonders auf der Hut sein, Milan war ja kein Trottel, auch ihm hatte der Fahrplan verraten, von welchem Bahnsteig der nächste Zug nach Frankfurt ging.

Auf dem Bahnsteig drängte sie sich in eine Reisegruppe, als würde sie dazugehören, und wollte schon erleichtert aufatmen, weil sie glaubte, Milan endgültig entkommen zu sein – als sie mit einem Mal eine Hand auf der Schulter spürte. Sie fuhr herum. »Was willst du noch von mir?«

Das schlechte Gewissen, es stand ihm ins Gesicht geschrieben. Nur ein zaghaftes »Warum hast du nicht gewartet?«, brachte er heraus.

Sie wollte nichts antworten, betrachtete stattdessen nur lange das Ziffernblatt ihrer Armbanduhr, als interessiere sie einzig und allein, ob denn ihr Zug nicht bald käme. Doch dann konnte sie nicht länger an sich halten. »Kannste dir das nicht denken?«

Er senkte den Blick. »Aber … na ja, woher hätt ich denn wissen sollen …«

»Was, was konntest du nicht wissen?« Sie wollte ihrer Stimme einen kalten Klang geben, es gelang ihr nicht ganz. War ja klar, er dachte allein daran, dass diese blöde Geschichte vom Unfall aufgeflogen war. Was Daniel ihr sonst noch erzählt und dass sie ihn mit der Blonden knutschen gesehen hatte, davon hatte er keine Ahnung.

Er wollte ihre Hand nehmen, sie entzog sie ihm. »Aber Feri! Lass uns doch miteinander reden. Ich … ich konnte doch wirklich nicht ahnen, dass ich mich so … so sehr in dich verknallen würde. Als du mich nach meinen Eltern gefragt hast, das war ja noch am ersten Abend.«

»Und am letzten Abend?« Stur sah sie zur Bahnhofsuhr hoch, als traute sie ihrer Armbanduhr nicht ganz. »Da hast du's wohl auch noch nicht gewusst? Und als wir uns am Handy versprachen, uns immer alles zu sagen, auch nicht …«

»Doch! Nur … Mensch, Feri, da hatte ich einfach Angst, du nimmst mir meine Spinnerei übel und willst danach vielleicht nichts mehr von mir wissen. Ich … ich wollte nichts kaputt machen.«

»Na, das ist dir ja bestens gelungen!« Spinnerei, niedlicher ging's wohl nicht?

Wieder griff er nach ihrer Hand, wieder entzog sie sie ihm. Und da verlor er die Geduld. »Aber kannst du mich denn kein bisschen verstehen? Ich … ich bin doch deshalb kein Verbrecher. Mister Pritt war sich sicher gewesen, du würdest das verstehen. Er wollte überhaupt nicht glauben, dass du weggelaufen bist.«

Noch ein Blick auf die Uhr. Warum kam der verdammte Zug nicht endlich? Was sollte sie Milan auf diesen Vorwurf denn antworten, ohne mit dem wahren Grund für ihre Flucht herauszurücken? Aber tat sie das, wie stand sie dann da? Wie so eine eifersüchtige Krake, die ihren Typ mit einer anderen erwischt hatte.

Nur kurz trafen sich ihre Blicke, dann wandte sie sich wieder ab. Und da wusste er, dass sie nicht zum Nachgeben bereit war. »Und was wird nun aus uns?«, fragte er mit gerunzelter Stirn.

»Nichts. Gar nichts!«, so ihre knallharte Antwort. »Ich fahr nach Hause und du kehrst zu deiner … zu deinem Punchingball zurück. Und unsere Handynummern löschen wir.«

Eine Ohrfeige war das, nichts anderes.

Er lauschte ihren Worten nach, als wollte er nicht wahrhaben, was er zu hören bekommen hatte. »Und unser Kind?«, fragte er dann nur noch. »Sollen wir denn nicht wenigstens darüber reden? Deshalb bist du doch gekommen, oder?«

Unser Kind! Auch das noch! *Unser* Kind steckte in *ihrem* Bauch, nicht in seinem. Sie sagte das nicht, weil sie das nicht herausgebracht hätte, ohne loszuheulen. Milan aber schien zu ahnen, was sie dachte, und wurde richtig böse. »Hab dich was gefragt.«

»Hab's gehört. Aber wie ich inzwischen weiß, ist's besser, man fragt nichts. Wer nichts fragt, wird wenigstens nicht belogen.«

Noch eine Ohrfeige.

»Na gut! Wenn du's nicht anders willst …« Er zuckte die Achseln, als wollte er gehen, aber eines musste er dann doch noch loswerden. »Übrigens: Ganz egal, wie du dich entscheidest, ich hätte das Kind gewollt. Hätte mich sogar gefreut. Und warum? Weil ich's ganz bestimmt sehr, sehr lieb gehabt hätte … Kann mir auch gar nicht vorstellen, dass du's nicht willst. Weil das nämlich gar nicht zu dir passt.«

Auch das noch! Er glaubte, sie so gut zu kennen, dass er wusste, was zu ihr passte und was nicht. Wollte er ihr etwa Gewissensbisse einreden? Nicht viel, und sie hätte ihm doch noch an den Kopf geworfen, dass sie ihn mit seiner Blonden gesehen und was Daniel ihr über seine Mitleidsmasche erzählt hatte. Aber da wurde endlich, endlich ihr Zug angekündigt; Gelegenheit, sich dichter an die Bahnsteigkante zu stellen; so, als gäbe es ihn für sie nicht mehr.

Er kam ihr nach und versuchte, sie festzuhalten. »Bitte, Feri, lass uns über alles reden. Hab Mister Pritt erzählt, dass du mit dem Zug gekommen bist … Aus Frankfurt … Er hat gesagt, dass du im Heim übernachten kannst. Wir haben ein freies Zimmer.«

Die ersten Wagen des ICE rauschten vorüber, der Zug hielt, die Türen öffneten sich. Sie riss sich los, stieg ein, fand bald einen nicht reservierten Sitzplatz, setzte sich und schloss die Augen. Nur nicht durchs Fenster auf den Bahnsteig hinausschauen! Kein Blick zurück! Und das, obwohl sie noch immer seine Hand an ihrem Arm spürte.

Krieg mit der Welt

Eine schlimme Zeit folgte; Tage, in denen Feri das Gefühl hatte, jeden einzelnen davon wie den vorherigen zu erleben. Alles lief wie automatisch ab. Sie ging zur Schule, kehrte mittags oder nachmittags heim und warf sich, ohne zuvor irgendwas zu essen, aufs Bett und schloss die Augen. Und dann lag sie da und hatte nur den einen Wunsch: Nichts sehen, nichts hören, nichts denken.

In der Nacht nach ihrer Heimkehr aus Hamburg hatte sie noch lange mit den Eltern im Wohnzimmer gesessen. Doch wurde kaum geredet. Still trank sie von ihrem heißen Pfefferminztee, auf den sie seltsamerweise so einen unheimlich starken Appetit hatte, ihr Vater nippte an seinem Rotwein und auch ihre Mutter schwieg, sah sie nur ein ums andere Mal nachdenklich an.

Sie hatte ihnen nicht verraten, was sie in Hamburg erlebt hatte. Nur, dass sie mit Milan reden wollte, hatte sie gesagt. Und das mal nicht nur per Handy. Allein deshalb wäre sie nach Hamburg gefahren. Hätte sie von der Blonden erzählt, wie dumm hätte sie das aussehen lassen – von einem Mädchenhelden geschwängert!

Die Eltern schwiegen wohl vor allem deshalb, weil sie nichts kaputtreden wollten. Sie gingen so vorsichtig mit ihr um, als wäre sie aus Seidenpapier. Dass sie so kurz entschlossen und auf eigene Faust nach Hamburg gefahren war, hatte sie nachdenklich gestimmt. Nur keine erneute Panik riskieren, so dachten sie wohl.

Am Morgen darauf war Feris Vater in das Taxi gestiegen, das ihn zum Flughafen brachte. Völlig übermüdet und äußerst ungern. Am liebsten hätte er eine Krankheit vorgetäuscht, um bleiben und gut auf seine Tochter aufpassen zu können.

Inzwischen ging er schon seit einer Woche mehrere tausend Kilometer von ihr entfernt seiner Arbeit nach, ihre Mutter verschwand tagsüber in der Praxis, und sie, Feri, zuckelte zur Schule, als ginge es ihr nach wie vor allein um ein supergutes Abitur. Der eine Fehltag – kein Problem! Die Mutter hatte ihr einen Entschuldigungsbrief mitgegeben: Ihr war nicht gut gewesen! Sie hatte ja nicht schreiben können, dass ihre schwangere Tochter unbedingt zum Erzeuger ihres noch nicht geborenen Kindes nach Hamburg fahren musste. – Hätte irgendwer die Matthays von fern beobachtet, er hätte gedacht: Was für eine gut funktionierende Familie, bei denen tut jeder, was getan werden muss.

In Wahrheit zählte Feri die Tage, die bis zur endgültigen Entscheidung noch blieben. Und das, obwohl es schon längst nichts mehr zu entscheiden gab, jetzt, nachdem sie mit Milan Schluss gemacht hatte. Diese ungewollte Schwangerschaft durfte nicht ihr ganzes Leben zerstören. Deshalb würde sie einem Abbruch zustimmen und danach würde alles wie vorgesehen ablaufen: erst das Abitur, danach das Studium. Nur weil noch Zeit war, durfte sie sich den Luxus gönnen, den Gang zur *Schwangerenkonfliktberatungsstelle* – was für ein Ungetüm von einem Wort! – weiter vor sich herzuschieben.

Feris Mutter beobachtete dieses Hinauszögern von Tag zu Tag mit mehr Sorge. Doch egal, wie oft Feri ansetzte, um ihre Mutter zu bitten, endlich einen Termin für sie zu vereinbaren, sie brachte das letzte, entscheidende Wort nicht über die Lippen. – War das Ganze denn wirklich unvermeidbar? Und würde sie danach weiterleben können wie zuvor?

Grübeleien, die ihr oft so zusetzten, dass ihr davon der Kopf schwirrte. Ihr Wunsch, am besten gar nichts mehr zu denken, er erfüllte sich nicht. Dafür berührte alles andere sie so gut wie gar nicht mehr: Was hatten die Jungen und Mädchen in ihrer Klasse denn noch mit ihr gemein? Was kümmerte sie noch dieses ewige Gerede von den Studien- oder Ausbildungsplätzen, die man hoffentlich ergattern würde. Zugegeben, nicht lange zurück, da hatte auch sie nichts anderes im Kopf gehabt. Sie war sogar eine der Eifrigsten gewesen, wenn es um Debatten ging, die ihre Zukunftschancen betrafen. Jetzt erschienen ihr solche Sorgen, Hoffnungen und Planungen als völlig überflüssiges Geschwätz. Versuchte sie, sich daran zu beteiligen, klangen ihre Worte hohl.

Nicht sehr viel anders erging es ihr mit den Lehrerinnen und Lehrern. Voller Unverständnis verfolgte sie deren Bemühungen, den Unterricht so zu gestalten, dass bei den zukünftigen Abiturienten möglichst viel hängen blieb. – Was wollten die denn noch von ihr? Glaubten sie, ihr ABC und Einmaleins, egal, wie hochwissenschaftlich es daherkam, sei die Achse, um die die Welt sich drehte? Es gab Wichtigeres, als in den Klausuren eine möglichst hohe Punktzahl zu erreichen.

Feris Aversion gegen die Umwelt, in der sie sich von morgens bis abends bewegen musste, wuchs von Tag zu Tag. Sie merkte selbst, dass sie sich in etwas Ungutes hineinsteigerte, konnte sich dieser Angriffslust in ihr, dieses Negierens all dessen, was »normal« sein sollte, aber nicht erwehren. Ein ums andere Mal ließ sie ihren Gefühlen freien Lauf, stieß Mitschüler mit einer dummen Bemerkung vor den Kopf oder lachte über Probleme, die ganz und gar nicht lächerlich waren. Irgendwann musste etwas zu Bruch gehen. Aber dass das ausgerechnet im Physikunterricht geschah, seit jeher ihr Lieblingsfach?

An jenem Morgen – es war gleich in der ersten Stunde – musste dem Wittkowski ihr müdes Gesicht aufgefallen sein. Was kein Wunder war, schließlich hatte sie in der Nacht zuvor mal wieder kaum geschlafen. Immer wieder bemühte der so geduldige Lehrer sich, sie aus ihrem gleichgültigen Vor-sich-hin-Dämmern zu reißen. Nur leider mit meist ganz läppischen Fragen.

Anfangs belustigte sie das. Mit einem Mal aber stieg eine Wut in ihr hoch, die sie sich später selbst nicht erklären konnte, und da antwortete sie kühl, er möge sie doch bitte mit solchen Kleinkinderfragen in Ruhe lassen. Er wisse doch, dass diese Fragen weit unter seinem und ihrem Niveau lägen.

Das war nicht nur frech, das war arrogant. Kleiner aber hatte sie es in diesem Augenblick nicht.

Der große, kräftige Mann mit der Halbglatze und dem Dreitagebart glaubte, sich verhört zu haben. So hatte er Feri noch nicht erlebt. Nervös rückte er an seiner Brille. »Sind Sie unpässlich?«

Ihre Antwort: »Ja! Hab meine Tage! Zufrieden?«

»Feri!«, zischte Edda entsetzt, einige Jungen lachten, der Wittkowski schwoll rot an. »Bitte, Jennifer, beherrschen Sie sich! Auch wenn Ihnen nicht gut ist, sollten Sie sich nicht auf diese Weise äußern.«

»Wenn Sie es schaffen, sich zu beherrschen, anstatt mich weiter mit solchen Lappalien zu quälen, werde ich mal sehen, was sich machen lässt«, antwortete sie kaltschnäuzig.

Jetzt lachte niemand mehr. Erst setzte ein verdutztes Schweigen ein, dann brach eine erregte Flüsteritis aus. Und Edda zischte wieder »Feri!« und »Halt doch endlich die Klappe!«.

Aber das war ja klar, dass Edda auf Wittkowskis Seite stand. Der Mann war schwul und stand dazu. Schon allein deshalb – um ihn vor allen möglichen Vorurteilen und Anfeindungen zu schützen – verbot sich nach Eddas Meinung jede Kritik an dem Lehrer.

Der Wittkowski überlegte einen Augenblick, dann kam er mit der Kreide in der Hand auf sie zu. »Jennifer! Ich weiß nicht, was mit Ihnen los ist. Doch ist mir und anderen Kollegen längst aufgefallen, dass Sie sich in letzter Zeit sehr verändert haben. Haben Sie irgendwelche häuslichen Probleme? Wenn das so ist, sollten Sie jemanden finden, mit dem Sie darüber reden können. Ihren Krieg mit der Welt in die Schule zu tragen, wird Ihnen nicht helfen.«

»Danke für die guten Ratschläge.« Verflucht, sie fand in dieser Stunde die Bremse nicht! »Doch überschätzen Sie sich da nicht ein bisschen? Ich jedenfalls habe kein Problem mit meiner unverständigen Umwelt!«

Kaum war es heraus, setzte in der Klasse eine solche Stille ein, als hätte irgendwer den Ton abgestellt. Eine Lautlosigkeit, die ihr in die Kehle stieg: O Gott! Was war ihr da rausgerutscht? Nur jetzt niemanden ansehen müssen, wegtauchen, verschwinden, raus aus der Schule.

Endlich: Ein ungläubiges Lachen. Das war Caro; Caro, die offenbar ihren Ohren nicht traute. Hatte das eben ihre Freundin Feri von sich gegeben?

Der Wittkowski sah sie noch einen Moment lang schweigend an, dann zuckte er die Achseln. »Vielleicht sollten Sie jetzt besser gehen, Jennifer. – Ja, gehen Sie nach Hause und denken Sie über sich nach. Möglicherweise schaffen Sie es ja irgendwann, sich für diese Entgleisung zu entschuldigen.«

Darauf gab's nichts zu erwidern. Hastig packte Feri ihr Zeug zusammen, stand auf und ging. Und schaffte es tatsächlich, erst loszuheulen, als niemand sie mehr sehen konnte.

Den Rest des Tages verbrachte sie in ihrem Zimmer. Erst kurz bevor ihre Mutter nach Hause kam und ihr Hunger allzu groß geworden war, ging sie in die Küche und aß ein Stück Käse. Die Kartoffelsuppe, die sie sich hatte warm machen sollen, starrte sie nur feindselig an.

Als ihre Mutter kam, sprach sie mit ihr wie an den Tagen zuvor – nicht zu wenig, nicht zu viel. Das Thema Schwangerschaftsabbruch wurde nicht berührt und auch über die verschmähte Kartoffelsuppe wurde nicht geredet. Die Mutter glaubte wohl, dass ihre Appetitlosigkeit mit dem Prozess der Entscheidungsfindung, der in ihr ablief, zu tun hatte, und weshalb hätte Feri sie aufklären sollen?

Wieder folgte eine fast schlaflose Nacht, und am Morgen darauf verließ Feri wie immer das Haus, kehrte aber, sobald sie ihre Mutter in der Praxis wusste, sofort in ihr Zimmer zurück. Um sich aufs Bett zu werfen und den ganzen Vormittag lang nicht wieder aufzustehen. Unmöglich, zur Schule zu gehen, als wäre überhaupt nichts passiert.

Nachmittags riefen Edda und Caro an.

Zuerst Edda. »Was ist los mit dir?«, schimpfte sie. »Wieso bist du heute nicht zur Schule gekommen? Wegen der Sache gestern? Aber was kann denn der Wittkowski dafür, dass du dich hast schwängern lassen?«

Was sollte sie darauf antworten? Am besten gar nichts. Nicht nur die Eltern, auch Edda und Caro durften von ihrer Hamburger Blamage nichts erfahren. Schlimm genug, dass sie auf so dumme Weise schwanger geworden war; nicht auszuhalten, wenn die Freundinnen wüssten, von was für einem Typ.

Mit ihrem Schweigen jedoch gab Edda sich nicht zufrieden. Sie konnte ihre Freundin Feri beim besten Willen nicht mehr verstehen. »Sag doch einfach, dass du ein Kind erwartest«, drängte sie. »Damit vergibst du dir doch nichts. So was ist doch schon längst keine Schande mehr. Im Gegenteil, wissen erst alle Bescheid, behandeln sie dich wie 'n rohes Ei.«

Ein Vorschlag, der zum Lachen reizte. »Tolle Idee! Und wenn ich das Kind wegmachen lasse? Was meinst du, wie dann über mich gelästert wird!«

»Ach, du!«, kam es zurück. »Was redest du denn da? So was machst du doch nicht. Das passt doch gar nicht zu dir.«

Alle wussten, was zu ihr passte, nur sie, Feri Matthay, sie wusste es nicht.

Aber Edda war eben Edda; für Edda musste alles seine festgefügte Ordnung haben. »Waas?«, so hatte sie ganz verwundert gefragt, als sie ihr zum ersten Mal von ihrer Schwangerschaft erzählte. »Du kennst den Typen noch gar nicht lange? Und ihr habt nicht verhütet? Menschenskind, wo hattest du denn da deinen Verstand gelassen? Die große Liebe innerhalb von vierzehn Tagen? Wer daran glaubt, gehört in ärztliche Behandlung.«

Und jetzt: Keine Frage, eine Abtreibung lag gänzlich außerhalb von Eddas Vorstellungskraft. Da die »dumme Sache« nun mal passiert war, mussten die Folgen getragen und das Leben entsprechend eingerichtet werden.

Auch Caro fand nicht gut, was sie dem Wittkowski an den Kopf geworfen hatte, bewunderte sie aber auch ein bisschen dafür: »Alle Achtung! Da war Pfeffer im Salat.« Ansonsten war sie ganz anderer Meinung als Edda; für sie war klar, dass dieses Kind nicht kommen durfte. Erstens, weil ihre Freundin Feri ihrer Meinung nach so kurz vor dem Abi vor allem an ihre berufliche Zukunft denken musste, und zweitens, weil sie noch immer nicht viel von Milan hielt. Die in den Jugendheimen, so fand sie, seien doch alles »Opfer«. Früh kaputt gemacht, würden sie sich niemals aus dieser Rolle befreien können. »Mit deinem *Boxer*«, so hatte sie vor Tagen schon gesagt, »wirst du ewig Probleme haben. Solche Typen leben, um zu leiden. Und du leidest mit.« Eine Prophezeiung, die sich – wenn auch anders, als von Caro gemeint – inzwischen bewahrheitet hatte.

Auch jetzt sagte sie wieder: »Mach bloß keinen Scheiß, versau dir nicht das Abi. Entschuldige dich beim Wittkowski, drück 'ne Träne raus und sag, dass es dir wirklich schlecht ging und du einen ganz unbegreiflichen Ausraster hattest. Und danach schalte auf Vernunftmodus und lass wegmachen, was dich stört. Kommst ja doch nicht drum herum. Ist die Sache erst erledigt, bist du bald wieder okay.«

Für Edda und Caro war die Geschichte mit Milan nichts anderes als ein dummer Ausrutscher. Allein darin, wie es weitergehen sollte, unterschieden sich ihre Ratschläge. Und so konnten sie ihr keinerlei Hilfe sein.

Wie denn auch? Sie wussten ja nicht, was sie für Milan

empfunden hatte, konnten überhaupt nichts nachfühlen. Edda liebte vor allem ihren Sport, die Leichtathletik. Was nichts mit Springen, Laufen, Stoßen oder Werfen zu tun hatte, war nicht ihr Ding. Und hatte sie mal ein paar Wochen was mit einem ihrer Sportkameraden, war das jedes Mal einer, der direkt einem Werbespot entsprungen sein könnte: klug, nett und selbstverständlich ebenfalls sehr, sehr sportlich. Caro hingegen wollte vor allem eines: Spaß haben. Sollte Timothy ihr mal langweilig werden, würde sie nicht lange fackeln, sondern ihn mit zwei, drei Küssen »zu seiner Mutter zurückschicken«. »Ich brauch meine Freiheit«, so ihre ständige Rede. Und: »Bevor einer mich einsperrt, sperre ich ihn aus.«

Weder Edda noch Caro hätte passieren können, was ihr passiert war. Sie, Feri, musste ihren ganz eigenen Weg gehen. Wenn sie nur wüsste, welcher der richtige war!

Nackt

Auch an den Tagen darauf kehrte Feri, kaum war ihre Mutter aus dem Haus, jedes Mal in ihr Zimmer zurück. Und dann lag sie auf dem Bett, dämmerte stundenlang vor sich hin oder starrte die Zimmerdecke an.

Noch sieben Wochen Galgenfrist! Dabei war doch jeder einzelne Tag, der verging, schon einer zu viel. Das Kind in ihr, das wurde ja immer größer. Legte sie jetzt die Hand auf den Bauch, glaubte sie manchmal schon, es spüren zu können. Reine Spinnerei, klar, aber egal, ob sie sich das nur einredete oder nicht, es war da – und es wurde größer.

Ihre Mutter und auch ihr Vater, wenn er anrief, bedrängten sie nicht mehr, ließen ihr Zeit, hofften auf ihre Vernunft. Ihr aber wäre fast lieber gewesen, sie würden weiter auf sie einreden. Um das Gefühl zu haben, nicht selbst für alles verantwortlich zu sein.

Mehrmals am Tag klingelte ihr Handy. Las sie *Milan*, ließ sie es klingeln, bis er aufgab. Seine SMS drückte sie weg, ohne sie zu lesen; seine immer neuen Mails fegte sie in den Müll, ohne sie zuvor geöffnet zu haben.

Nein, sie hatte seine Handynummer nicht gelöscht.

Sie wollte wissen, wer sie anrief – um sich nicht irgendwann ganz aus Versehen doch mal zu melden. Es gab ja nichts *zu klären*. Was sie in Hamburg zu sehen und zu hören bekommen hatte, das war ein unerlaubter Tiefschlag gewesen. Dafür flog jeder Boxer aus dem Ring.

Auch Edda und Caro riefen öfter an. Mal in einer Schulpause, mal am Nachmittag. Doch auch mit den Freundinnen wollte Feri nicht länger reden. Brachte ja alles nichts. – Ja, sie hatte sich dem Wittkowski gegenüber schlimm ins Unrecht gesetzt, ja, sie hatte allen Grund, sich unter dem Teppich zu verkriechen. Aber wozu das immer wieder neu diskutieren?

Ein Abtauchen, das nicht lange gut gehen konnte. Sie wartete auf den Tag, an dem ihre Schwänzerei aufflog; schlidderte ihm so willenlos entgegen, als befände sie sich auf einer Eisbahn, die stetig bergab führte.

Der Abend, an dem es so weit war. Später als sonst kam ihre Mutter aus der Praxis nach Hause – und auf den ersten Blick sah Feri ihr an, dass sie Bescheid wusste.

Leise, sehr leise war sie in ihr Zimmer getreten, stand vor ihrem Bett und sagte lange kein Wort.

Wie um in irgendeine Nichtanwesenheit zu flüchten, schloss Feri die Augen und blieb auf dem Bett liegen. Schweigen, das konnte sie auch.

»Ich verstehe dich nicht«, flüsterte Feris Mutter schließlich mehr in sich hinein, als wirklich zu ihr zu sprechen. »Nein, beim besten Willen, Feri, es ist mir unerklärlich, warum du dich so verhältst.«

Guter Beginn! Sie, Feri, verstand sich ja selbst nicht. Und deshalb konnte eine wirkliche Hilfe oder ein befolgenswerter Rat wohl nur von jemandem kommen, der sie verstand. Wer aber sollte das sein? Irgend so eine Frauenzeitschriftsbriefkastentante?

»Dass du zurzeit voller Sorgen und Unentschiedenheit bist – einverstanden, das kann ich nachvollziehen. Aber dass du deshalb in der Schule um dich schlägst und deinen Frust an den Lehrern auslässt, die ja nun wirklich nichts für deine Situation können, und auch noch zur Schulschwänzerin geworden bist … Tut mir leid, Feri, das ist völlig inakzeptabel. Du benimmst dich wie ein trotziges Kind.«

Na, dann war ja alles klar! Wenn sie noch ein Kind war, durfte sie doch um alles in der Welt noch keines bekommen! – Ach, es war besser, auch weiterhin nichts zu sagen; es gab ja nichts, womit sie sich verteidigen konnte.

Die Mutter setzte sich zu ihr aufs Bett. »Und wieso bist du denn gegenüber dem Wittkowski so ausfällig geworden? Hast du seit Neuestem was gegen Homosexuelle?«

Hatte die Schule sie in der Praxis angerufen, um sie über diesen Vorfall und ihre Fehlzeiten zu informieren? Oder hatte der Rektor sie in die Schule bestellt und war sie deshalb heute später gekommen?

»Feri! Mach endlich den Mund auf! Es gibt nichts, was dein Verhalten rechtfertigt.«

»Mir ging's an dem Tag nicht gut«, platzte es da aus

ihr heraus. »Und was hätte ich dem Wittkowski denn sagen sollen? Etwa, dass ich schwanger bin und meine Eltern wollen, dass ich mein Kind umbringe?«

Ein sehr schwacher Versuch, sich zu verteidigen.

»Aber was redest du denn da? Mach es dir doch nicht so schwer!« Die Mutter wollte ihr den Rücken streicheln, Feri drehte sich weg. »Niemand verlangt von dir, dass du aller Welt von deinen Sorgen und Nöten erzählst. Aber darfst du deshalb um dich schlagen, als trügen andere an deinem Unglück die Schuld? Du hast doch in Wahrheit gar nichts gegen Herrn Wittkowski, steigerst dich nur von Tag zu Tag mehr in eine ganz und gar unmögliche Anti-Haltung hinein – auch gegen Leute, die dich mögen. Weißt du, Feri, der verhängnisvollste Betrug, das ist noch immer der Selbstbetrug.«

Die Mutter auf ihrem Bett störte. Feri sprang auf, stellte sich hoch aufgerichtet hin und ballte die Fäuste, dass die Fingerknöchel weiß hervortraten. Und dann schrie sie mit so schriller Stimme, dass sie über sich selbst erschrak: »Wie schön, dass du für alle anderen so viel Verständnis aufbringst! Nur mich, die ich ja noch ein *Kind* bin und nicht begreifen will, was das Beste für mich ist, mich verstehst du leider gar nicht. Manchmal frage ich mich, ob du überhaupt ein Herz hast!«

Eine Sekunde lang verharrte ihre Mutter erschrocken, dann sprang sie ebenfalls auf – und schlug zu. Eine Ohrfeige! Eine richtig laut schallende Ohrfeige! Die erste in Feris Leben. Nie zuvor hatte ihre Mutter sie geschlagen, erst recht nicht ihr Vater.

Wie Feindinnen standen sie in diesem Augenblick einander gegenüber, die Mutter mit bösem Gesicht, Feri mit brennender Wange und eng zusammengezogenen Augenbrauen. Erst nach einer ganzen Weile konnte sie wieder etwas sagen. »Du hast nicht mich geschlagen«, schleuderte sie der Mutter entgegen, als wollte sie ihr damit ebenfalls einen Schlag versetzen, »du hast *uns alle* geschlagen. Merk dir das!« Und damit stürzte sie schon aus dem Zimmer und lief die Treppe hinab und auf die Straße hinaus.

Wie kalt und grau es um diese Zeit bereits war! Eher November als Ende September. Dazu die Stille in den reinen Wohnstraßen ringsherum; kaum zu glauben, dass nur ein paar Kilometer weiter, in Frankfurt, das Leben brauste. Saßen die Leute hier denn alle vor dem Fernseher oder chatteten in der Gegend herum?

Die Hände in den Hosentaschen vergraben, wanderte Feri durch die ihr so vertrauten Straßen. Was sie zur Mutter gesagt hatte, dieses »Du hast nicht mich geschlagen – du hast *uns alle* geschlagen«, es war ihr nur so herausgerutscht. Wen aber hatte sie mit *uns alle* gemeint? Sich selbst und die Mutter? Sich selbst und das Kind in ihrem Bauch? Oder sich selbst, ihre Mutter *und* das Kind? Irgendwie traf das ja auf alle drei Konstellationen zu.

Und jetzt, wo sollte sie hin an diesem kühlen Abend, nur mit Jeans und T-Shirt bekleidet und ohne einen Cent in der Tasche? – Wie dumm von ihr, so blindlings loszurennen! Sie hätte sich zuvor wenigstens eine Jacke überziehen und ihr Portemonnaie einstecken sollen. Wie nackt irrte sie nun durch die Straßen. Noch mal zurückgehen aber konnte sie nicht. Erst ein so bühnenreifer Abgang, dann »Hab meine Jacke vergessen«. Damit würde sie sich erst recht zu dem noch unreifen Kind machen, das die Mutter in ihr sah.

Die Frauen und Mädchen früher, die *unehelich* schwanger geworden waren, was hatten sie nicht alles angestellt, um der Schande zu entgehen. Ins Wasser waren sie gegangen, unter einen Zug hatten sie sich geworfen … Bahngleise gab's hier auch und durch Frankfurt floss der Main, in der modernen Welt jedoch galt so etwas längst nicht mehr als Schande, in der modernen Welt konnte ein Mädchen, das zu früh ein Kind bekam, sich nur die Zukunft verbauen …

Das Haus, in dem Edda wohnte. Ganz unbewusst war sie hierhergelaufen. Verwundert darüber, dass ihre Füße sie ausgerechnet zu Edda getragen hatten, ließ Feri den Blick die einzelnen Stockwerke entlangwandern. Im siebten Stock, hinter dem fünften Fenster von links, brannte Licht. Also war Edda zu Hause.

Sollte sie mal kurz klingeln? Sie musste ja nicht sagen, was passiert war. Einfach nur so ein Besuch, ein Vorbeischauen. »Wie geht's denn so in der Schule? Wird viel über mich gequatscht?« Edda hatte so oft versucht, sie anzurufen, gab es einen besseren Beweis dafür, dass sie ihr nicht egal war?

Sie überlegte noch, da ging sie schon los. Irgendwer

hatte die Haustür offen gelassen, so musste sie gar nicht klingeln, um ihren Besuch anzukündigen.

Der Fahrstuhl rumpelte ein bisschen, fuhr aber brav weiter und hielt im siebten Stock. Sie drückte auf die Klingel – das mit Edda und Caro schon vor vielen Jahren verabredete Zeichen, einmal ganz kurz, einmal ganz lang – und Eddas Mutter öffnete.

Feri war gefasst auf einen kritischen, vielleicht sogar ihren Bauch musternden Blick, anscheinend aber hatte Edda weder von ihrer Schwangerschaft noch von ihrem Disput mit dem Wittkowski erzählt. »Hallo, Feri!«, sagte die große, kräftige Frau. »Hab dich ja lange nicht gesehen. Wie geht's denn so?«

»Gut!« Feri lächelte, als ob es ihr wirklich bestens ging. »Ist Edda da? Ich will nicht lange stören, will nur was fragen … wegen der Schule.«

»Aber ja! Komm rein. Sie ist in ihrem Zimmer. Kennst ja den Weg.«

Sie trat ein, und Eddas Mutter verschwand im Wohnzimmer, in dem der Fernseher lief. Durch die offene Tür winkten Eddas Vater und ihr Bruder Björn dem unerwarteten Besuch fröhlich zu. Sie schauten ein Fußballspiel, und sicher führten die Frankfurter, daher die gute Laune.

Feri winkte nur kurz zurück, Edda sah ihr schon entgegen. »Du?«, staunte sie, obwohl sie das verabredete Klingelzeichen gehört hatte und also nur Caro oder Feri gekommen sein konnte.

»Ja, ich!« Wieder mühte Feri sich ein Lächeln ab. »Oder störe ich?«

So etwas hätte sie früher nie gefragt. Hatte sich durch ihre Schwangerschaft denn wirklich alles verändert? Wurde ihr dadurch sogar Edda fremd?

»Nein, wieso denn?« Edda öffnete die Tür zu ihrem Zimmer etwas weiter. »Hab gerade gelesen.«

»Was für die Schule?«

Schon saß Feri auf dem Stuhl neben dem wie immer ordentlich aufgeräumten Schreibtisch und blickte sich um, als wäre sie das erste Mal hier. Von Fußball hielt Edda nicht viel, deshalb saß sie nicht mit im Wohnzimmer. Aber sonst? An allen Wänden Sportfotos: Die große, dunkelblonde, sehr schlanke und dennoch muskulöse Edda mal allein, mal zusammen mit anderen am Start oder auf dem Siegespodest. In dem niedrigen Regal neben der Tür die gewonnenen Pokale, darüber die Siegerurkunden: Hundertmeterlauf, Weitsprung, Hochsprung, Kugelstoßen, Speerwurf. Kein Zweifel, Edda war die geborene Siebenkämpferin; kein weiter Weg mehr bis zur nächsten Olympiade.

»Nicht für die Schule.« Die Freundin warf sich aufs Bett und hielt das Buch hoch, in dem sie gerade gelesen hatte. Ein französischer Autor, den Feri nicht kannte.

»Und *in* der Schule?« Feri wollte zur Sache kommen. »Was reden sie denn jetzt so über mich?«

Gleich setzte Edda sich wieder auf, schob die Hände unter die Schenkel und wippte sachte vor und zurück. »Na, was schon? Sie wundern sich. Weiß ja keiner, was mit dir los ist. Und Caro und ich, wir wissen's auch nicht so richtig. Bist ja für niemanden mehr zu sprechen.«

»Wieso? Ihr wisst doch … ich meine, ich hab's euch doch gesagt.«

»Wir wissen, dass du schwanger bist, und zwar von diesem Milan, den du in den Ferien kennengelernt hast«, korrigierte Edda sie, wie es ihre Art war, immer alles auf den Punkt bringend. »Aber wir wissen nicht, weshalb alle anderen darunter leiden müssen und warum du den armen Wittkowski so angegangen bist.«

»Das mit dem Wittkowski, na ja, das war nicht in Ordnung«, gab Feri zu. »Er hat mich einfach genervt … Kann so was zurzeit nicht vertragen.«

»Das ist's ja eben, zurzeit kannst du fast gar nichts vertragen.« Edda krauste die Stirn, wie sie es immer tat, wenn ihr etwas gehörig gegen den Strich ging. »Irgendwie bist du für Caro und mich zum Rätsel geworden. Du musst doch langsam mal wissen, was du willst. So 'n Kind ist doch längst kein Weltuntergang mehr. Was soll sich dadurch denn schon groß ändern? Du machst im Frühjahr dein Abi, setzt ein Jahr aus und beginnst dein Studium ein Jahr später. Geht davon etwa die Welt unter? Im Sportverein trainieren viele Frauen, die Studium *und* Kind bewältigt haben. Wozu gibt's denn Kitas und Mutter-Kind-Programme?«

Edda, das Supergirl! Edda, die immer wusste, was richtig war und was falsch. Die Frage, ob sie, Feri, Milan denn überhaupt noch liebte und ob sie ein Kind bekommen sollte von einem, mit dem sie aus lauter Enttäuschung längst Schluss gemacht hatte, stellte sie nicht. Aber das konnte sie ja auch nicht. Weil sie davon gar nichts wusste. – Feri kam sich plötzlich sehr überflüssig vor. Wieso war sie denn ausgerechnet zu Edda gelaufen? Was hatte sie erwartet?

Abrupt stand sie auf. »Na, dann – tschüs!«

»Was denn? Du willst schon wieder gehen?« Auch Edda stand auf. »Passt dir nicht, was ich gesagt habe? – Aber warum bist du dann überhaupt gekommen, wenn nicht, um ehrlich über alles zu reden? Wolltest du dir nur 'ne Tasse Trost abholen?«

Was sollte sie darauf schon antworten? Müde zuckte Feri die Achseln. »War nur gerade in der Gegend, und da dachte ich, geh mal kurz rauf. Aber jetzt, jetzt muss ich weiter. Caro wartet. Wir ... wir sind verabredet.«

»Und morgen?« Edda brachte sie noch zur Tür. »Kommst du morgen wieder zur Schule?«

»Mal sehen.«

»Aber wenn du nicht kommst, was soll aus deinem Abi werden?«

»Keine Ahnung.«

Es gab Wichtigeres als die Abiturprüfung. Aber woher sollte Edda das wissen?

Caros Haus. Ein Vierstöcker, vorn die Haustüren, hinten die Balkone. Unentschlossen starrte Feri zu den Fenstern hoch. Auch in Caros Zimmer brannte Licht. Aber was versprach sie sich von all diesen Besuchen? Sie wusste doch, dass Edda und Caro ihr nicht helfen konnten. Nur: Wenn sie jetzt nicht zu Caro ging, dann würde Edda morgen in der Schule erfahren, dass sie sie belogen hatte.

Und das durfte nicht sein; Edda und Caro waren ihre besten Freundinnen und sollten es bleiben.

Außerdem: Wenn nicht zu Caro, zu wem dann? Zur Mutter zurück? – Nein, dazu war es noch viel zu früh. Ohne noch länger zu zögern, klingelte sie an der Haustür; nach kaum einer Minute hörte sie Caros Stimme in der Gegensprechanlage.

»Ich bin's, Feri!«, plauderte sie gespielt munter in die Anlage hinein. »Hast du 'n Moment Zeit für mich?«

»Für dich? Immer!« Der Summer ertönte.

Mit großen Schritten stieg sie in den dritten Stock hoch, Caro empfing sie in der offenen Wohnungstür. Ihr ziemlich tief ausgeschnittenes Top zeigte mal wieder mehr her, als es versteckte. »Na, Ferilein, du machst ja Sachen!« Sie lächelte schwesterlich. »In der Schule lässt du dich nicht blicken, ans Handy gehst du nicht – und dann stehst du plötzlich in der Tür wie der Osterhase am Heiligen Abend. Da bleibt der lieben Caro wohl nichts anderes übrig, als sich zu freuen.«

Sie umarmten sich, dann Feris Frage: »Ist deine Mutter zu Hause?«

»Nein! Sie ist bei 'ner Freundin. Aber keine Sorge, sie weiß ohnehin nichts. Sie lebt ihr Leben, ich meins.«

Also hatte auch Caro die Klappe gehalten. Keine Selbstverständlichkeit, wenn die beste Freundin schwanger war und in der Schule Amok lief und man selbst zu der Sorte Mädchen gehörte, die selten was für sich behalten konnten. »Gut!« Auch Feri lächelte. »Weißt du, ich will nicht jede Menge Fragen hören.«

»Kann ich bestens verstehen.« Caro ging voran, und Feri, von diesem lockeren Empfang in eine etwas gelöstere Stimmung versetzt, folgte ihr erleichtert. Bis sie erschrak: Wer lag da auf Caros Bett, die langen Beine so weit von sich gestreckt, dass seine zerschlissenen Ur-alt-Jeans gar kein Ende nehmen wollten? Timothy! Das oben weit offene Hemd ließ seinem großen Adamsapfel jede Menge Freiheit, die langen blonden Haare trug er wie immer absichtlich zerstrubbelt. Seine Schuhe hatte er bereits ausgezogen.

Verärgert starrte er sie an. Eine Störung, die ihm äußerst ungelegen kam. Caro war allein zu Hause gewesen – jetzt war sie's nicht mehr.

»Hallo!«, grüßte Feri mit belegter Stimme.

»Hallo!«, echote Timothy kühl zurück, zog an seiner Zigarette und stieß den Rauch aus, als wollte er andeuten: Mach mir bloß keinen Strich durch meine Rechnung.

Caros Zimmer war ganz anders eingerichtet als Eddas. An den Wänden mehrere Schwarz-Weiß-Poster längst verblichener Hollywood-Schönheiten, in den beiden Regalen jede Menge Dosen und Kästchen mit buntem Schmuck und Schminkutensilien. Der Schreibtisch – überladen mit Schulbüchern, Zeitschriften und allen möglichen Reisesouvenirs.

Zögernd setzte Feri sich auf den Stuhl vor dem Fenster. Caro nahm den vor dem Schreibtisch, setzte sich rittlings drauf, legte die Arme auf die Stuhllehne und stützte das Kinn auf die Fäuste. »Na?«, sagte sie und kam gleich zur Sache. »Kommst du morgen wieder zur Schule? Der Wittkowski hat bestimmt schon Sehnsucht nach dir.«

»Ich aber nicht nach ihm.« Feri blickte die junge Ava Gardner an, eine südländisch wirkende, nicht weniger tief als Caro dekolletierte Filmdiva. Wie feucht ihre Lippen glänzten! Und wie sie lächelte! Wie die Sünde persönlich.

»Na ja«, begann Caro neu. »Ewig wirst du nicht fortbleiben können. Sonst Adieu, liebes Abi.«

Feris Blick huschte zur blonden Marylin Monroe hinüber, noch so ein Busenwunder. Es war zu blöd, sie würde Caro gern ehrlich antworten, doch solange dieser ungeduldig vor sich hin qualmende Timothy ihnen zuhörte, brachte sie das nicht fertig.

Zum Glück kapierte Caro schnell. Ein kurzer Seufzer, dann wandte sie sich mit gespielt betrübter Miene Timothy zu. »Tut mir echt leid, Timmy, aber was Feri und ich miteinander zu besprechen haben, das sind nun mal reine Frauenangelegenheiten. Deshalb wäre es schön …« Sie zuckte die Achseln und wies mit dem Kopf zur Tür.

Ein Rausschmiss, nichts anderes.

»Aber wir waren doch verabredet.« Timothy bewegte keinen Zeh in den knallbunten Socken. »Hab deinetwegen sogar die Bundesliga sausen lassen. Und das, obwohl die Eintracht richtig gut in die Saison gestartet ist.«

»Das rechne ich dir ja auch hoch an.« Schon stand Caro neben ihm, griff nach seiner Hand und stellte ihn auf die Füße. »Aber jetzt haben Feri und ich was zu bereden, was dich nun mal nichts angeht. Also«, – sie küsste ihn heftig –, »bis morgen!«

Der enttäuschte Timothy stand da wie ein kleiner Junge, den die Mutter aus der Küche geschickt hatte. Doch dann drückte er nur seine Zigarette in der wohl dafür gedachten Blechdose aus, zog maulend seine Schuhe an und schob ab. Kein Tschüs in Richtung Feri.

Caro brachte ihn zur Tür, flüsterte ihm noch irgendwas Tröstendes zu und kam zurück.

»Danke!« Feri musste lachen. »Jetzt hast du ihm einen wunderbaren Abend verdorben. Ob er sich von dem Schock jemals wieder erholt?«

»Ach!« Caro warf sich auf den Platz, den Timothy frei gemacht hatte. »Wenn ich das schon höre: Bundesliga! Und nur meinetwegen hat er darauf verzichtet …« Sie kicherte. »Na, wenn das kein Beweis für ewige Liebe ist.«

Und dann klopfte sie auffordernd neben sich aufs Bett. »Kommt mal her, Mutter und Kind! Lasst uns 'n bisschen kuscheln.«

So hatten sie früher oft nebeneinandergelegen, zu Kindergartenzeiten und auch später. Mal bei Caro, mal bei Edda und mal bei Feri; drei kleine Mädchen aneinandergeschmiegt wie ein Wurf junger Hunde. Und was hatten sie dann nicht alles zusammengesponnen! Wie ihre Zukunft aussehen sollte, welche Berufe sie ergreifen, wo sie leben wollten; kein Geheimnis hatte es gegeben, das sie nicht miteinander teilten. Erst mit zwölf, dreizehn war das anders geworden. Da hatte diese Nähe sie plötzlich irritiert. Zuerst hatte Edda sich nicht mehr dazugelegt, dann Feri. Jetzt, nach so langer Zeit, fand sie es irgendwie befreiend, mal wieder das kleine Mädchen von damals sein zu dürfen.

»Also«, sagte Caro, nachdem sie sich eine von den Zigaretten angesteckt hatte, die Timothy in der Eile seines Aufbruchs bei ihr liegen gelassen hatte, »jetzt mal raus mit der Sprache – was ist los? Weißt du immer noch nicht, was du tun sollst? Schottest du dich deshalb so ab?«

Ja, jetzt durfte Feri reden. Endlich mal eine, die ihr zuhörte, ohne ihr gleich Vorwürfe zu machen. Zwar konnte Caro noch immer nicht so recht begreifen, wie sie überhaupt hatte schwanger werden können, aber nun war es passiert. Jedes »Hättest du doch« oder »Wie konntest du nur?« war überflüssig. Es kam nur noch darauf an, einigermaßen heil aus der Sache herauszukommen.

All ihre Hin-und-her-Gerissenheit und ihre Stimmungstiefs, auch den Disput mit der Mutter und jene erste Ohrfeige ihres Lebens beichtete Feri der Freundin. Nichts ließ sie aus. Nur eines verschwieg sie nach wie vor: Dass sie in Hamburg gewesen war, was sie über Milan erfahren und was sie beobachtet hatte. Das wäre ihr zu viel Wind in Caros Segeln gewesen.

»Na ja«, sagte Caro, als endlich alles heraus war, »ich kann deine Mutter verstehen. Da schlidderst du ganz unbedarft in so eine blöde Schwangerschaft und kannst dich danach ewig nicht entscheiden, die Sache beheben zu lassen. Und das, obwohl du doch in Wahrheit gar keine andere Wahl hast.« Sie nahm einen tiefen Zug aus ihrer Zigarette und schaffte es, den Rauch in Kringeln in die Luft zu hauchen. »Und zu allem Überfluss entwickelst du auch noch einen ganz und gar unerklärlichen Schwulenhass und schwänzt die Schule. Da kann einer besorgten Mutter schon mal die Hand ausrutschen.«

»Aber ich hab doch gar nichts gegen Schwule!« Feri nahm ihr die Zigarette aus der Hand, um auch mal dran zu ziehen. »Hab nur was gegen Leute, die mich nerven. Und zu denen gehört auch meine Mutter. Und deshalb … deshalb kann ich vorläufig nicht nach Hause zurück.«

Verdutzt richtete Caro sich auf. »Und wo will Klein-Feri hin? Zu den Obdachlosen? In die Wärmestube?«

»Vielleicht … Muss mal mit mir allein sein. Wenigstens für 'n paar Tage.«

Eine Antwort, die Feri selbst überraschte. Ihr war nicht bewusst gewesen, dass sie eine Auszeit wollte. War ja auch ein Witz, das Ganze: Feri Matthay unter den Obdachlosen, die tagsüber durch die Frankfurter Straßen zogen und sich nachts in Parkanlagen oder U-Bahnhöfen einen Schlafplatz suchten?

Minutenlang sah Caro sie nur schweigend an, dann wiegte sie voller Respekt den Kopf. »Ehrlich, Ferilein, so viel Power hätte ich dir gar nicht zugetraut!«

»Ich mir auch nicht.«

Stille! Caro saß auf ihrem Bett, lehnte den Rücken an die Wand, rauchte und dachte nach. »Vielleicht bist du ja zu mir gekommen, damit die liebe Caro dir hilft, *nicht* zwischen den Obdachlosen zu verschimmeln«, überlegte sie danach laut – und schwang da in ihrer Stimme nicht bereits so etwas wie Abenteuerlust mit?

»Wenn du kannst.«

»Ob ich kann?« Jetzt machte sie ein Gesicht, als wollte sie jeden Augenblick damit beginnen, ein Zauberkunststück vorzuführen. »Caro kann!« Und schon drückte sie die Zigarettenkippe in der Blechdose aus, als wollte sie ihr jede Chance nehmen, heimlich wieder zum Leben zu erwachen, und berichtete voller Begeisterung, dass sie den Schlüssel zur Nachbarwohnung besaß. »Widmanns sind verreist, planschen im Mittelmeer, irgendwo auf Korsika. Noch 'ne ganze Woche bleiben sie weg. Ich kümmere mich um die Pflanzen und den Kater. Verdiene mir so 'n paar Euro. Bis sie wiederkommen, könntest du auf ihrer Couch schlafen, darfst nur nichts umstellen oder auf den Teppich pieseln. Bettwäsche bringe ich dir.«

»Meinst du, das geht?« Ein Vorschlag, so überraschend, dass Feri an sich selbst zu zweifeln begann. Wollte sie das denn wirklich? Ein paar Tage ganz mit sich allein sein, das wäre nicht schlecht – aber in einer fremden Wohnung? Das war ja ein noch verrückterer Gedanke als der, die Obdachlose zu spielen.

»Warum denn nicht? Ist doch alles ganz einfach. Du musst nur darauf achten, bei Widmanns kein Chaos anzurichten. Schläfst auf der Couch, und wenn du nach zwei, drei Tagen weißt, was du willst, nehmen wir das Bettzeug wieder mit und keiner merkt etwas von dem unangemeldeten Besuch.« Caros Augen blitzten vor Stolz auf diesen Einfall. »Und was du zum Futtern brauchst, das bringt dir der Zimmerservice. Und der will nicht mal Trinkgeld.«

»Ja, aber wenn meine Mutter anruft und nach mir fragt, was sagst du dann?«

»Gar nichts. Ich stell das Telefon leise. Und wer nicht gefragt werden kann, wie soll der antworten?«

Sandra

Was für eine Nacht! Feri wälzte sich auf der fremden Couch von rechts nach links und von links nach rechts und wieder zurück. Ihr Gesicht glühte, Kopf und Beine schmerzten. Immer wieder sah sie ihre Mutter vor sich, die jetzt bestimmt auch nicht schlief, sondern in heller Aufregung durchs Haus lief und alle paar Minuten ans Fenster oder vor die Tür trat, um nach ihr Ausschau zu halten. Und dachte sie nicht an die Mutter, tauchte der Vater vor ihr auf. Irgendwo in diesem so weit entfernten, palmenbewachsenen, tropisch heißen Malaysia stand er, stemmte die Arme in die Seiten und sah sie kopfschüttelnd an. Bestimmt hatte die Mutter längst mit ihm telefoniert …

Bald konnte sie dann auch Milan nicht länger beiseiteschieben. Die Szene auf dem Hamburger Bahnhof, wie er ihr nachschaute, als sie den Zug bestieg … Dass einer sich so verstellen kann! Nur ein paar Stunden zuvor hatte er diese Blonde geküsst. Und all die anderen Mädchen, von denen Daniel gesprochen hatte … Mitleid herauskitzeln, indem einer absichtlich nicht auf Mitleid machte? Darauf musste erst mal eine kommen! Offensichtlich aber funktionierte so etwas, sie war ja auch darauf hereingefallen.

Auch Edda und Caro gingen ihr nicht aus dem Kopf – Edda, für die ganz klar war, dass sie das Kind bekommen *musste*; Caro, die zu hundert Prozent aufseiten der Eltern stand: Nur kein Fitzelchen Zukunft kaputt machen …

Wenn Edda sie jetzt sehen könnte, in dieser fremden Wohnung mit all den fremden Möbeln und fremden Gerüchen, was würde sie sagen? Sicher so etwas Ähnliches wie »Mit einer Flucht bewältigt man keine Probleme, damit schafft man nur neue.« Zum Glück war Caro anders; Caro hatte Spaß an dieser Einquartierung gehabt. Zwar wollte sie ihr wirklich beistehen, aber auch der Reiz dieses Abenteuers, in dem sie mitspielen durfte, hatte Caro gelockt.

Der Kater aus der Küche, wieder kam er herangeschlichen. Nun schon zum vierten oder fünften Mal. Im hellen Mondschein, der in Streifen durchs Fenster drang, leuchteten seine Augen grünlich. Neugierig funkelte er sie an.

»Na, du!«, flüsterte sie. »Wunderst du dich immer noch über den ungebetenen Besuch?«

Er sah lustig aus, dieser Kater mit dem französischen Namen Jean. Ganz schwarz war er, nur ein Ohr und sein Schwanz waren weiß.

Keine Antwort! Doch gut, dass diesem kleinen Franzosen die menschliche Sprache nicht gegeben war. So konnte er Caro und sie später nicht verraten …

Erst als es draußen schon graute, schlief sie doch noch ein – und verfiel sofort in einen ganz seltsamen Traum: Es war heller Tag, die Sonne schien gleißend vom Himmel herab, sie aber saß an einem dunklen, heftig sprudelnden Fluss, der allerlei Äste, Blattwerk, leere Kartons und Plastiktüten mit sich fortriss. Ohne zu wissen, warum es sie beunruhigte, verfolgte sie dieses Treiben, bis sie mit einem Mal aufschreckte. Am anderen Ufer, unter einem hohen Busch, der große, weiße Blüten trieb, saß ein alter Mann – und beobachtete sie. Er trug einen arg zerknautschten, sicher früher mal sehr feierlichen schwarzen Anzug und darunter kein Hemd und auch keine Schuhe oder Strümpfe. Unter seinem ebenfalls schwarzen, breitkrempigen Hut quollen lange weißgraue Haare hervor und auch sein Gesicht war voller weißgrauer Bartstoppeln.

Lange sah er sie nur ernst an, dann nickte er ihr auf einmal zu, lächelte und legte den Zeigefinger an die Lippen, wie um sie zu bitten, jetzt bloß nichts zu sagen.

Sie hätte auch ohne diese Aufforderung nichts sagen können. Wo war dieser seltsame Alte denn so plötzlich hergekommen? Und weshalb beobachtete er sie, als wüsste er genau, was mit ihr los war? Sie kannte ihn doch gar nicht, stand in keinerlei Verbindung zu ihm. Um vor ihm zu flüchten, wollte sie aufstehen und fortgehen, aber das ging nicht: Wie festgenagelt saß sie an diesem Flussufer. Panikartige Angst stieg in ihr hoch, sie wollte irgendwas rufen, brachte aber kein Wort heraus.

Der Alte sah, wie ihr zumute war, schüttelte traurig den Kopf, machte eine Handbewegung, wie um ihr zum Abschied zuzuwinken, und war weg; hatte sich im wahrsten Sinne des Wortes in Luft aufgelöst ... Dieses plötzliche Verschwinden erschreckte sie so sehr, dass sie erwachte – und Caro vor sich stehen sah, in den Händen ein Frühstückstablett. »Na, du hast ja 'nen gesunden Schlaf!«, spottete sie. »Steh hier schon seit drei Stunden und hör dich seufzen und stöhnen, du aber bekommst nichts mit. Haste wenigstens was Schönes geträumt?«

»Was?« Feri fand nur schwer zu sich. Dieser alte Mann am dunklen Fluss, wer sollte das gewesen sein? Und überhaupt, was hatte dieser Traum zu bedeuten? Hatte er irgendwie mit Milan, ihrer Schwangerschaft oder dem Streit mit der Mutter zu tun? Und wenn ja, wollte dieser Alte ihr zu verstehen geben, dass sie das Kind bekommen oder dass sie es wegmachen lassen sollte?

»Hallo! Kuckuck! Du hast Besuch.« Caro trug das Tablett in die Küche. »Kommen Sie, Mademoiselle Ferí, stehen Sie auf und schlagen Sie sich den Bauch voll, der Tag wird lang.«

»Hab gar keinen Hunger.«

»Na, fein! Die arme Caro steht extra um Mitternacht auf, um für Mademoiselle Brötchen zu schmieren und Kaffee zu kochen, wie Mr. Starbucks es auch nicht besser könnte, Mademoiselle aber verweigert die Annahme.« Caro kam zurück, packte ihre Hand und zog sie hoch. »Friss oder du hast eine Freundin weniger.«

Typisch Caro! Sie meinte es gut, merkte aber nie, wenn sie störte. Noch in Unterwäsche, setzte Feri sich an den Küchentisch, bemühte sich, das Wurstbrötchen nicht anzusehen, weil sie das garantiert nicht hinunterbekommen würde, und biss mit langen Zähnen in das Marmeladenbrötchen.

»So ist's brav!«, lobte Caro sie, sah ein Weilchen still zu, wie sie aß und Kaffee trank, und sagte dann, dass sie sich wegen einer eventuellen Störung ihrer Vormittagsruhe keine Sorgen machen solle. »Meine Mutter ist längst weg, geht immer schon um sechs aus dem Haus und kehrt nie vor dem frühen Abend zurück. Und andere Nachbarn haben keine Schlüssel von den Widmanns.«

Noch ein aufmunternd gemeinter Blick, danach ein tiefer Seufzer. »Aber jetzt, Ferilein, muss Sweet Caro dich leider verlassen. Soll ich die Damen und Herren von der Lehrerschaft von dir grüßen?«

»Von mir aus.« Feri, noch immer nicht ganz wach, war so langsam alles egal. Von ihr aus konnte der Himmel einstürzen, dann würde sie sich mit den Wolken zudecken und wäre aller Sorgen ledig.

Eine Antwort, die Caro beunruhigte. »Was willst du denn mit dem langen freien Tag anfangen?«, fragte sie besorgt. »Nur die Couch streicheln? Ich meine, wenn du willst, kannst du in unsere Wohnung rübergehen. Da kannst du dich freier bewegen, fernsehen oder irgendwas lesen. Und wenn du dich als Model ausprobieren willst, mein Kleiderschrank ist nicht abgeschlossen. Zwar wird dir das meiste 'ne Nummer zu groß sein, aber dann wird der Vormittag wenigstens lustig.« Sie lachte über ihren Einfall. »Kannst aber auch spazieren gehen, bist ja nicht im Knast. Die Schlüssel lass ich dir da, darfst sie nur nicht verlieren.«

Caro war eine wirkliche Freundin; eine, auf die man sich verlassen konnte, wenn's ernst wurde. Feri wurden die Augen feucht. Sie sprang auf und umarmte Caro.

»Na, na, schieb mir nur nicht die Hand unters T-Shirt! Sonst muss ich mir das Ganze noch mal überlegen.« Wieder lachte Caro, freute sich aber über Feris Gefühlsausbruch, drückte sie fest an sich und flüsterte ihr Beruhigendes ins Ohr: »Bis heute Nachmittag, Ferilein! Und keine Sorge, hier findet dich keiner. Und von mir erfährt sowieso keiner niemals nichts!«

Kaum war Caro weg, aß Feri nacheinander beide Brötchen. Anfangs tat sie's nur Caro zuliebe, später schmeckte ihr sogar das Wurstbrötchen. Jean, der ihr dabei zusah, rührte sich währenddessen nicht von der Stelle; hockte vor dem Küchentisch, als dürfe er dieses fremde Mädchen keine Sekunde aus den Augen lassen.

Sie warf ihm ein paar Bröckchen zu, er verschlang sie, starrte sie aber weiter so misstrauisch an.

Noch ein letzter Schluck Kaffee, dann wusch sie das Geschirr ab, stellte alles aufs Tablett zurück und ging ins Bad, um sich frisch zu machen. Danach sah sie sich zum ersten Mal in dieser ihr so fremden Wohnung um. Am Abend zuvor hatte sie sich das nicht getraut, jetzt ging sie von Zimmer zu Zimmer. Der Kater blieb ihr auf den Fersen.

Das erste: ein Kinderzimmer. Zwei Betten, mehrere

Spielzeugkisten, an den Wänden Poster von Fernsehlieblingen des Kinderprogramms. Im Regal jede Menge Bilderbücher. Also waren die Kinder noch klein. Aber das konnte ja auch gar nicht anders sein, sonst hätten ihre Eltern doch nicht außerhalb der Schulferien mit ihnen nach Korsika fliegen können.

Neben dem Kinderzimmer: das Schlafzimmer der Eltern. Alles sehr ordentlich, sehr aufgeräumt; so wie es aussehen muss, wenn die Nachbarstochter Kater und Pflanzen betreut. Auf einem Schubladenschränkchen zwischen den Fenstern Fotos: ältere Leute, jüngere Leute, Kinder. Eines stellte ganz sicher die Familie dar, die hier wohnte: eine lachende, sehr freundlich wirkende Mutter, ein glatzköpfiger, aber dafür mit wucherndem, blondem Vollbart zugewachsener, breit grinsender Vater. Zwischen ihnen zwei hellblonde Jungen, die so pfiffig in die Kamera strahlten, als wollten sie aller Welt verkünden, dass sie Spaß am Leben hatten.

Also eine richtig heile Familie? So eine, wie auch ihre Eltern und sie mal eine gewesen waren? Wenn ja, dann war das etwas, das Milan nie erlebt hatte ...

Verflucht, sie wollte nicht schon wieder an Milan denken! Davon bekam sie jedes Mal dieses lästige Bauchkribbeln, das sie danach lange nicht mehr verließ. Doch konnte sie weder ihrem Kopf noch ihrem Bauch etwas befehlen; beide machten sie, was sie wollten. – Wie das wohl war, von frühester Kindheit an ein Heimkind gewesen zu sein? Keine Mutter, die kam und ihrem Kind abends etwas vorlas, kein Vater, mit dem man Mowgli und Balu spielen konnte … Heimerzieher hatten ja so viele Kinder zu betreuen, wie sollten sie sich um eines dermaßen intensiv kümmern können, dass es vergaß, ohne Vater und Mutter aufwachsen zu müssen?

Wollte Milan gerade deshalb, dass sie das Kind bekamen? Um wiedergutzumachen, was seine Eltern an ihm verbrochen hatten? Ihr kamen mal wieder die Tränen. Warum, verdammt noch mal, dachte sie noch immer so viel an ihn? Und das, obwohl er sie doch so enttäuscht hatte?

Wieder sah sie das Foto der Familie Widmann an. War ja irgendwie verrückt, einer, dem als Kind etwas so Entsetzliches zugestoßen war, wünschte sich nun selber ein Kind …

Ach, es nützte nichts, sich etwas vorzumachen: Irgendwie liebte sie Milan noch immer. Wenn er doch nur nicht so ein Mädchenheld wäre. Das Märchen vom Unfall, das wusste sie längst, hatte sie ihm doch direkt in den Mund gelegt. Erst hatte sie ihn gefragt, ob es ein *Unfall* gewesen wäre, bei dem er seinen Arm verloren hatte, dann, ob es bei einer *Autofahrt* passiert sei. Er selber hatte gar nichts anderes getan, als ihre Vermutungen abzunicken. Und selbst das nur widerwillig und allein auf ihr Drängen hin.

Ob sie, falls er heute noch mal anrief, nicht doch wieder mit ihm reden und ihm klipp und klar sagen sollte, dass sie ihm nicht diese *geschönte Geschichte,* sondern etwas ganz anderes vorwarf? Dann wusste er wenigstens, weshalb sie ihn in Hamburg so schnöde abserviert hatte;

war doch viel besser, wenn er wusste, was sie so verletzt hatte.

Dachte es, und schon lief sie zurück ins Wohnzimmer, um ihr Handy laut zu stellen. Bestimmt hatte die Mutter in der Nacht mehrfach versucht, sie zu erreichen, allein deshalb hatte sie den Klingelton abgestellt. Aber wenn jetzt Milan anrief? Sollte er sie ruhig für eine eifersüchtige Zicke halten, er musste wissen, dass sie nicht die Nummer 2, 3 oder 4 seiner Groupies werden wollte.

Kaum hatte sie es laut gestellt, klingelte es auch schon. War er das? – Nein, im Display erschien nicht *Milan*, sondern *Mama*; dieselbe *Mama*, die ihr in der Nacht bestimmt viele Nachrichten auf die Mailbox gesprochen und jede Menge SMS geschickt hatte.

Doch wenn sie jetzt mit ihr sprach, was sollte sie ihr sagen? War ja noch viel zu früh für alles.

Sie drückte den Anruf weg und sah nach, ob Milan sie inzwischen angerufen hatte. Aber nein, immer nur *Mama, Mama, Mama* … Dazu eine SMS nach der anderen: *Feri, wo steckst du? Komm nach Hause, lass uns über alles reden* … Und natürlich: *Die Ohrfeige tut mir leid. Aber ich war so verletzt* …

Alles so, wie sie es sich gedacht hatte; ihre Mutter, in hellster Aufregung, machte sich Vorwürfe.

Mit einem wehen Gefühl in der Brust löschte Feri all diese Kontaktversuche, schob ihr Handy in die Hosentasche, sah sich weiter in der fremden Wohnung um, stand danach lange am Fenster und starrte den gegenüberliegenden Zwilling dieses Wohnblocks an.

Und jetzt? Was sollte sie anfangen mit diesem endlos langen Vormittag? In Caros Wohnung rübergehen? Bloß nicht, sie hatte keine Lust auf Fernsehen oder Caros Klamotten, wollte kein Buch lesen und auch nicht den ganzen Vormittag lang Musik hören.

Sie drehte sich um und sah das Widmann'sche Schlüsselbund an, das Caro wie auch die Schlüssel zu ihrer Wohnung auf den Wohnzimmertisch gelegt hatte. Einen Moment zögerte sie noch, dann nahm sie beide an sich und lief zur Tür. Der misstrauische Kater kam ihr nachgesprintet, bis sie ihm die Tür vor der Nase zugeschlagen hatte. Sorgfältig schloss sie ab, langsam stieg sie die Treppe hinunter.

Vor dem Haus blieb Feri stehen. Und? Welche Richtung sollte sie einschlagen? Drei Wege waren ihr verboten – der in die Nähe ihres Hauses, der in Richtung von Mutters Praxis und der in die Nähe der Schule.

Bemüht, nur ja kein bekanntes Gesicht zu treffen, machte sie um alle drei verbotenen Zonen einen großen Bogen, spazierte durch Straßen, in die sie sonst nie kam, sah lange in Schaufenster und stand irgendwann wieder vor dem Kinderspielplatz, der schon einmal ihr unbeabsichtigtes Ziel gewesen war. Jetzt, so früh am Vormittag, war er noch gänzlich unbelebt; die Mütter hatten anderes zu tun, als mit ihren Kindern auf den Spielplatz zu gehen.

Sie setzte sich auf die Bank, auf der sie schon einmal gesessen hatte, und starrte den kinderlosen Sandkasten, die bunte Rutsche und das Kletterhäuschen an. Ein seltsames Gefühl der Leere ergriff von ihr Besitz. Ihr Traum, der alte Mann am dunklen Fluss, was hatte er ihr sagen wollen? – War mal wieder typisch für sie! Wenn sie schon so etwas Verrücktes träumte, dann verschlüsselte sie die Botschaft, die sie sich selbst zukommen lassen wollte, dermaßen geschickt, dass sie nichts damit anfangen konnte.

Ihr Handy klingelte. Milan? Versuchte er sein Glück in der Frühstückspause? – Nein, eine ihr unbekannte Nummer wurde angezeigt. Doch besagte das ja nichts; vielleicht versuchte er, sie über ein fremdes Handy zu erreichen, weil sie ihn ja immer sofort weggedrückt hatte, wenn sie seinen Namen las. Allerdings konnte das auch die Mutter getan haben, aus genau demselben Grund.

»Jaa?«, meldete sie sich.

»Kleinschmidt. Störe ich vielleicht gerade?«

Kleinschmidt? Also dieser Mister Pritt, Milans Erzieher? Mit einem solchen Anruf hatte sie ganz und gar nicht gerechnet; es verschlug Feri so sehr die Sprache, dass sie nicht mal Nein sagen konnte.

»Ich muss mit dir reden. Deine Handynummer habe ich von Milan, weil du mit ihm ja nicht sprechen willst. Deine Mutter hat heute Morgen bei uns angerufen. Sie wollte wissen, ob Milan weiß, wo du steckst. Sie hat gesagt, dass du die ganze Nacht über nicht nach Hause gekommen bist.«

Auch das noch: Ihre Mutter hatte in Milans Heim angerufen! Auf die Idee, dass sie so etwas tun könnte, wäre Feri nicht mal im Traum gekommen. Woher hatte sie denn überhaupt die Telefonnummer? Sie wusste ja nicht mal, wie Milans Heim hieß oder in welchem Hamburger Stadtteil es lag. Hatte sie etwa halb Hamburg abtelefoniert?

»Deine Mutter macht sich große Sorgen. Milan nicht anders. Er denkt nur noch an dich. Seit du mit ihm Schluss gemacht hast, hat er sich sehr verändert. Boxt nicht mehr, malt nicht mehr, und jetzt spielt er schon seit zwei Tagen den Kranken, nur um nicht aus dem Haus zu müssen. Und dabei hat ihm seine Ausbildung doch früher immer so viel Spaß gemacht.«

Kälte kroch in ihr hoch. Was sollte sie dazu sagen?

»Bist du noch dran?«

»Ja.«

»Er … er hat mir alles erzählt. Auch dass ihr ein Kind bekommt und du es vielleicht nicht haben willst.«

So! Damit wusste auch dieser Mister Pritt Bescheid!

»Weißt du, ich kann dich nicht so richtig verstehen. Bist du wirklich so sehr enttäuscht von ihm, weil er dir nicht die Wahrheit über seine Eltern gesagt hat? Ich hatte dich anders eingeschätzt, ein bisschen verständnisvoller. Wie hätte er denn schon ganz am Anfang wissen sollen, dass das zwischen euch mal was Festes werden würde?«

Sollte sie ihm sagen, dass es darum schon längst nicht mehr ging? – Nein, wozu? Was zwischen Milan und ihr war, das war allein ihre Sache.

»Du musst wissen, dass du Milan sehr, sehr wichtig bist. Er hat gesagt, dass du ganz anders bist als andere Mädchen. Mit dir könne man reden.«

Ein Versuch, sie weich zu stimmen? »Aber das ist's ja gerade«, rutschte es ihr nun doch heraus, »die anderen Mädchen!« Sie musste das nun sagen, sonst hielt dieser Mister Pritt sie noch für ein eiskaltes Monster.

Er stutzte. »Was für *andere* Mädchen?«

»Na, die, von denen Sie eben gesprochen haben. Die, denen er sonst noch nachläuft.«

»Wer? Milan?«

»Na, wer denn sonst?«

»Milan läuft anderen Mädchen nach?«

»Ja.«

»Wer sagt denn so was?«

»Daniel ... Er hat gesagt, es hätten so viele Mitleid mit ihm und ... na ja, das würde Milan ausnutzen.«

»Also Daniel mal wieder!« Zum ersten Mal klang Mister Pritts Stimme verärgert. »Was dieser Bursche so alles für einen Mist erzählt. Milan und den Mädchen nachlaufen ... So ein Blödsinn! Ist zwar nicht so, dass er außer dir keine andere kennt. Aber nachlaufen? Oder dass er mit einer anderen so was wie eine feste Beziehung aufgebaut hat? – Nein, das ist ganz allein Daniels Fantasie entsprungen ... Da hat er Milan wohl nur sein Glück geneidet.«

Konnte das sein? Oder versuchte dieser Erzieher nur, sie umzustimmen? Sie antwortete erst mal nichts und Mister Pritt seufzte. »Weißt du, viele unserer Jungen haben große Sehnsucht nach Liebe und Zuneigung. Nicht wenige von ihnen mussten ja von frühester Kindheit an darauf verzichten. Auf Daniel trifft das leider ganz besonders zu. Für Milan aber, das gebe ich dir gern schriftlich, gibt es zurzeit kein anderes Mädchen.«

»Aber wenn ich ihn doch mit einem dieser Mädchen gesehen habe?« Blöd, mit diesem fremden Mann ein solches Gespräch führen zu müssen.

»Wann und wo soll das gewesen sein?«

»Na, als ich bei Ihnen im Zimmer war. Die beiden standen direkt unterm Fenster, haben sich ganz verliebt angestrahlt und sich umarmt und geküsst.«

»Ach!« Jetzt lachte er laut auf, dieser Mister Pritt. »Aber Jennifer, da liegst du ja ganz falsch. Das war doch Sandra, die Enkelin von unserem Hausmeister. Sie hat ihren Opa früher oft besucht, daher, nur daher kennen sich die beiden. Inzwischen war sie ein Jahr in Amerika, als Austauschschülerin, und ist erst im Sommer heimgekehrt. An diesem Tag war sie zum ersten Mal wieder bei uns … Also wenn die beiden sich geküsst haben, dann war das garantiert nur ein harmloser Freundschaftskuss. Sonst läuft da nichts, dafür lege ich meine Hand ins Feuer. Sandra ist nett, und hübsch ist sie auch, aber doch überhaupt nicht Milans Typ. Die beiden schwimmen in ganz verschiedenen Seen.«

Wenn das stimmte – was für ein Schlag in den Bauch! Feri überlief es kalt. Gleichzeitig durchfuhr sie ein freudiger Schreck: Wenn das wirklich alles so war, wie dieser Mister Pritt sagte, dann hatte sie Milan ja unrecht getan. Dann war er ja gar kein Mädchenheld, sondern noch immer der Junge vom Waldsee, in den sie sich dermaßen verknallt hatte. »Aber ist das denn wirklich wahr?«, konnte sie nur noch stammeln, obwohl sie längst wusste, wie die Antwort lauten würde.

»Viel wahrer geht's nicht.« Wieder bekam sie dieses laute, jetzt aber sehr erleichtert klingende Lachen zu hören.

O Gott! Was für eine Blamage!

»Und ich dachte schon, du wärst allein wegen dieser Unfallgeschichte so enttäuscht gewesen.« Mister Pritt freute sich immer noch. »Deshalb war ich, ehrlich gesagt, auch ein bisschen enttäuscht. Und zwar von dir. Eine, die für Milans Scham kein Verständnis aufbringt, so fand ich, die hat auch keinen Milan verdient.«

»Tut mir ja alles so leid.« Ein Glück, dass Milans Erzieher sie jetzt nicht sehen konnte; ein Häufchen Elend allein auf einem menschenleeren Kinderspielplatz.

»Nein, nein!«, drang es aus ihrem Handy. »Dir muss nichts leidtun. War eben eine Verkettung mehrerer unglücklicher Umstände ... Sprechen wir lieber darüber, wie's weitergehen soll. Deine Mutter, sie macht sich große Vorwürfe und jede Menge Sorgen. Willst du sie noch lange foltern?«

Foltern! Was für ein Wort! Aber er wusste ja nicht, wie schlimm ihre Eltern sie unter Druck gesetzt hatten. »Nein, ich ... ich geh jetzt gleich zu ihr.«

»Und Milan? Weißt du, den darfst du auch nicht länger quälen. Wär doch schön, wenn zwischen euch alles wieder in Ordnung käme, oder?«

»Ich ... ich rufe ihn an.«

»Versprochen?«

»Versprochen.«

»Gleich?«

»Bald.«

»Gut! Bin mir sicher, dass dann alles wieder auf die Reihe kommt. Doch werde ich ihm nicht sagen, was Daniel dir aufgetischt hat und was du glaubst beobachtet zu haben. Ist besser, wenn du das tust ... Obwohl, das mit Daniel würde ich an deiner Stelle lieber weglassen. Bringt nur unnötigen Ärger. Den Knaben knöpfe ich mir vor.«

Sie nickte erst nur still, dann sagte sie leise: »Einverstanden.«

»Na, schönstens! Dann kann ich dir nur noch wünschen, dass du auch in der anderen Angelegenheit die richtige Entscheidung fällst. Ist sicher nicht leicht für dich, aber du wirst das schon gut hinbekommen.«

Die *andere Angelegenheit*! Als ob das so einfach wäre. »Wenn ich bloß wüsste, was das Richtige ist.«

Dumm, das zu sagen, aber vielleicht wusste dieser im Umgang mit Jugendlichen so erfahrene Mister Pritt ja auch in diesem Fall besser Bescheid als viele andere.

Doch nein, er lachte nur wieder. »Das, liebe Jennifer, musst du schon selber wissen. Diese Entscheidung kann dir niemand abnehmen, nicht Milan, nicht deine Eltern, erst recht nicht ich. Aber du bist doch ein kluges Mädchen, hast Herz und Verstand, vertraue dir selbst und alles wird gut.«

Viererkonferenz

Wie paralysiert lief sie danach durch die Straßen. Dieses Telefongespräch, es hatte alles verändert! Sie durfte sich freuen – und sie musste sich selbst in den Hintern treten. Schlimmer hätte sie sich ja wirklich nicht blamieren können. Da flüsterte ihr einer ein paar neiderfüllte Schauergeschichten ins Ohr – und prompt glaubte sie ihm. Da sah sie Milan ein anderes Mädchen umarmen – und schon fühlte sie sich in den Mülleimer geworfen. Und warum das alles? Weil sie noch immer viel zu wenig Selbstbewusstsein besaß. Dabei hatte Milan ihr doch oft genug deutlich gezeigt, wie sehr er sie liebte; er mochte ja fast alles an ihr.

Ja, und jetzt? Was sollte sie tun? Sich für ihre Hamburger Kurzschlussreaktion bei ihm entschuldigen? Keine leichte Übung, aber unbedingt notwendig! Doch danach? Er würde ja ganz bestimmt wissen wollen, was denn nun mit dem Kind werden sollte. Auch darüber musste sie jetzt neu nachdenken.

Dieser Mister Pritt hatte gesagt, dass sie sich selbst vertrauen sollte. Aber was hieß denn das? Das bedeutete doch nur, dass das, was sie bis vor Kurzem noch für ziemlich endgültig gehalten hatte – eben dieses Kind nicht bekommen zu wollen –, ja irgendwie doch noch nicht feststand.

Der Supermarkt! Leute gingen hinein, Leute kamen heraus. Feri blieb stehen. Die Mutter! Bevor sie weiter über alles nachdachte, musste sie mit ihrer Mutter reden. – Nein, sie würde ihre Entscheidung nicht davon abhängig machen, was die Eltern sagten. Doch durfte sie die Mutter nicht länger im Ungewissen lassen. Vielleicht hatte Milans Erzieher sie ja inzwischen angerufen und ihr gesagt, dass sie miteinander gesprochen hatten; dann hätte sie allen Grund, verletzt zu sein, wenn sie sich nicht auch bei ihr meldete.

Kurz entschlossen schlug Feri den Weg zurück zu den Widmanns ein, betrat die Wohnung und trug unter Kater Jeans misstrauischen Blicken alles Bettzeug und das Frühstückstablett in Caros Zimmer hinüber. Sie überprüfte, ob sie bei den Widmanns auch keinerlei Spuren hinterlassen hatte, winkte dem Kater als Dankeschön noch einmal zu und lief die Treppe wieder hinab. Um alle Schlüssel in Kruses Briefkasten zu werfen. Wieder auf der Straße, rief sie dann als Erstes Caro an. In der Schule war ja gerade große Pause.

Die Freundin meldete sich sofort, im Hintergrund der Pausenlärm. Ohne viele Umschweife oder Erklärungen sagte Feri ihr, dass sie sich nun doch entschieden habe, nach Hause zurückzukehren. Und zwar gleich jetzt. »Die Schlüssel findest du in eurem Briefkasten, das Frühstückstablett und alles Bettzeug hab ich in dein Zimmer gebracht. Aber bitte schau auch du noch mal nach, ob ich bei den Widmanns nicht doch irgendwelche Spuren hinterlassen habe. Will nicht, dass du meinetwegen Ärger bekommst.«

»Keine Sorge! Ich geh mit der Lupe durch die Wohnung.« Caro lachte erleichtert. Beweis dafür, dass auch sie ein gewisses Bauchgrimmen bei der Sache gehabt hatte? Gleich darauf wollte sie wissen, wie Feri sich denn nun »in Sachen Mama oder Nicht-Mama« entschieden habe. »Oder weißt du das immer noch nicht?«

Darüber aber wollte Feri nicht reden, schon gar nicht am Handy. »Ich sag dir Bescheid, wenn's so weit ist.« Sie bedankte sich noch mal für Caros Hilfe, drückte die Freundin weg und schlug den Weg zum Ärztehaus ein. Zwar würde ein Gespräch nicht möglich sein – das Wartezimmer war ja sicher voller Patienten, die die Mutter nicht lange warten lassen konnte –, doch würde schon allein die Tatsache, dass sie wieder aufgetaucht war, sie beruhigen. Außerdem brauchte sie Schlüssel. Als sie fortlief, hatte sie ja nicht nur ihr Portemonnaie, sondern auch ihre Schlüssel nicht eingesteckt.

Zwei Namen standen auf dem Schild, das auf die Zahnarztpraxis hinwies: *Dr. Stefan Wilfrich* und *Dr. Marion Matthay*. Mit Schwung stieß Feri die Tür auf und hastete in den ersten Stock hoch. Frau Kühne hinter ihrem Anmeldepult, rabenschwarz gefärbtes Haar und sehr tailliert geschnittener, wie immer blütenweißer Kittel, starrte sie ganz verwundert an. »Feri? Du? Ist was mit deiner Mutter? Geht's ihr schlechter?«

Einen Moment lang verharrte sie nur begriffsstutzig, dann lachte sie, als sei sie nur rein aus Versehen hierhergekommen. »Ach! Wie dumm! Das hab ich ja ganz vergessen.« Und schon lief sie die Treppe wieder hinab.

Im Treppenhaus überfiel sie Angst: Was, wenn ihre Mutter wirklich krank war? In der ersten Überraschung über Frau Kühnes Reaktion war Feri davon ausgegangen, dass sie sich nur deshalb krank gemeldet hatte, weil sie vor Sorge um ihre Tochter die ganze Nacht kein Auge zubekommen hatte und mit nervösen, zitternden Händen ja schließlich keine Patienten behandeln konnte. Aber was, wenn die Sorge über ihr langes Ausbleiben ihr dermaßen zugesetzt hatte, dass ihr tatsächlich etwas Ernsthaftes zugestoßen war?

Die letzten Treppenstufen sprang sie hinab, auf der Straße rannte sie. Kaum aber hatte sie ihre Straße erreicht, sah sie die Mutter schon am Fenster stehen, als hätte sie die ganze Nacht dort gestanden, um nach ihr Ausschau zu halten. Erleichtert winkte sie ihr zu.

Feris Mutter hob die Hand, um zurückzuwinken, ließ sie jedoch gleich wieder sinken, schüttelte nur den Kopf.

Wie sie danach in der Küche einander gegenübersaßen! Lange ohne auch nur ein einziges Wort zu sagen. Die eine gezeichnet von dieser Nacht der Sorgen und Ängste, die andere voller Schuldgefühle. Schon als Kind hatte Feri am Streit allein die Versöhnung geliebt, nie zuvor aber hatte es zwischen ihrer Mutter und ihr einen solch heftigen Disput gegeben; nie zuvor hatte sie sich innerlich so weit von ihr entfernt gefühlt wie in der zurückliegenden Nacht.

Endlich begann Feris Mutter zu reden. Zuerst nur sehr leise, zögernd, so als wollte sie jedes einzelne Wort auf seine Bedeutung hin abwägen. Feri hatte Fragen erwartet, aber nein, vor allem anderen wollte ihre Mutter von sich erzählen.

Noch am Abend hatte sie bei Edda und Caro angerufen und von Eddas Mutter erfahren, dass sie tatsächlich bei ihnen gewesen, doch schon nach kurzer Zeit wieder gegangen war. Bei Caro hingegen hatte sich niemand gemeldet, woraus sie schlussfolgerte, dass die beiden Freundinnen vielleicht irgendwo hingegangen waren. Kurze Zeit war sie halbwegs beruhigt. Als dann aber mitten in der Nacht bei Caro noch immer niemand ans Telefon ging, kehrte die Unruhe zurück: Sollte sie zu Kruses laufen, um sie aus dem Bett zu klingeln? Vielleicht war ja nur das Telefon gestört … Ein Gedanke, der ihr peinlich war. Als Zahnärztin war sie eine stadtbekannte Persönlichkeit; sollten ihre Patienten sich über »Frau Doktor«, die ihre Tochter suchte, das Maul zerreißen? Außerdem vermutete sie längst etwas anderes: Was, wenn Feri wieder nach Hamburg gefahren war, um diesem Milan ihr Leid zu klagen? »Zwar bist du ohne Geld und ohne Jacke losgelaufen, wie ich gesehen habe, aber du hättest dir das Geld für die Fahrkarte und irgendwas zum Überziehen ja von Edda, Caro oder einer anderen Schulfreundin geliehen haben können.«

Eine Möglichkeit, die ihr schon bald am wahrscheinlichsten erschien. Also ging sie ins Internet, um die Adressen und Telefonnummern aller Hamburger Jugendheime herauszusuchen. So viele waren das zum Glück ja nicht. Und dann rief sie eines nach dem anderen an, um herauszufinden, in welchem Milan lebte. Und hatte Glück, schon mit dem dritten Anruf landete sie einen Treffer. Doch natürlich, die verschlafene Nachtwache, die sie ans Telefon bekam, wusste nichts von einem Mädchen, das zu Besuch gekommen sein sollte. Und als der herbeigerufene Erzieher, ein Herr Kleinschmidt, Milan geweckt und befragt hatte und der ebenfalls nichts über Feris Verbleib wusste, war sie in Panik geraten und hatte die Polizei angerufen, um eine Vermisstenanzeige aufzugeben.

»Ja, und damit hab ich mich endgültig lächerlich gemacht.« Jugendliche, die mal für eine Nacht verschwinden, so die spöttische Auskunft, gebe es wie Grashalme auf der Wiese. Sie solle wenigstens noch bis zum Abend warten. Erst wenn ihre Tochter – die ja immerhin schon siebzehn Jahre alt sei – nach vierundzwanzig Stunden nicht wieder aufgetaucht sei, solle sie vorbeikommen.

»Einerseits hab ich wohl ein bisschen zu viel, andererseits aber zu wenig Fantasie.« Feris Mutter schüttelte über sich selbst den Kopf. »Konnte mir wunderbar vorstellen, was dir in dieser Nacht alles zugestoßen sein könnte – doch wie verletzlich du in letzter Zeit geworden bist, das habe ich leider nicht begriffen. Und dabei war ich doch selbst mal schwanger und sicher auch kein leichter Fall gewesen …« Das Telefon unterbrach sie.

Sie lief ins Wohnzimmer, nahm ab, sagte nur drei Wörter – »Sie ist hier« – und brachte Feri den Hörer.

Der Vater. Wie Feri es sich gedacht hatte, so war es: Die Mutter hatte in der Nacht auch ihn angerufen. »Na, du machst ja Sachen!«, polterte er gleich los. »Einfach eine ganze Nacht lang verschwinden. Was hast du dir denn dabei gedacht? – Ja, hast du dir überhaupt irgendwas dabei gedacht?«

»Ich war bei Caro«, so ihre kleinlaute Auskunft. Sicher kein Spaß, am anderen Ende der Welt hören zu müssen, dass die Tochter nach einem bösen Streit irgendwo ins Dunkel der Nacht abgetaucht war.

»Bei Caro!«, höhnte ihr Vater, dass es aus dem Hörer drang, als säße er direkt im Nebenzimmer. »Na, fein! Und da hast du deiner Mutter nicht Bescheid sagen können? Habt ihr Mädels euch so gut amüsiert, dass keine Zeit für solche Nebensächlichkeiten blieb?«

Das durfte sie nicht so einfach schlucken. »Wir – haben – uns – nicht – *amüsiert*.« Sie wollte nicht als Häufchen Elend zurückgekehrt sein. Ja, das Weglaufen war ein Fehler gewesen, schämen jedoch musste sie sich allein vor Milan. »Hab aber viel nachgedacht heute Nacht und weiß jetzt, was ich als Nächstes tun will.«

»Als Nächstes? Das klingt, als ob du dich noch immer für nichts Endgültiges entschieden hast.«

»Hab ich ja auch nicht. Aber ich weiß jetzt, was ich tun muss, um zu einer Entscheidung zu gelangen.«

»Und was ist das, wenn unsereins das auch erfahren darf?«

»Wir müssen Milan zu uns einladen. Ich will, dass ihr ihn endlich kennenlernt und mit ihm redet. Und dazu muss er zu uns kommen.«

Sie verriet nicht, dass vor allen Dingen auch sie Milan vor ihrer endgültigen Entscheidung noch einmal sehen und mit ihm reden wollte. Obwohl das vielleicht noch wichtiger war als ein Treffen mit den Eltern. Das Übrige aber hatte sie so deutlich und bestimmend gesagt, dass der Vater erst mal ein Weilchen verblüfft schwieg. »Eine Vierer-Konferenz willst du?«, fragte er dann. »Gut, einverstanden! Warum denn nicht? Verhandlungen sind allemal besser als Kriegserklärungen. Nächste Woche bin ich zurück, am Wochenende können wir reden. Aber jetzt, mein liebes Fräulein Matthay, hab ich noch ein bisschen was anderes zu tun, als mit dem schwierigen Europa zu telefonieren. Sonst klappt das mit nächster Woche nämlich nicht. Sieh also zu, dass du deinen Milan an unseren Tisch bekommst, und verschwinde nicht gleich wieder, wenn dir irgendwas nicht passt. Hand drauf?«

»Hand drauf!«

»Na denn: Tschüs und Kuss!«

»Kuss und tschüs!« Sie legte auf und sah ihre Mutter an. Jetzt hatte sie all das, was sie ihr sagen wollte, nur ganz nebenbei erfahren.

Feris Mutter rieb sich die Stirn, wie um ihre Müdigkeit oder irgendwelche Kopfschmerzen wegzumassieren. »Dann warst du also doch bei Caro? Warum ist denn dort die ganze Nacht über niemand ans Telefon gegangen?«

»Weil Caro es stumm gestellt hatte. Aber das hat sie

nur mir zuliebe getan. Hab ihr gedroht, sonst irgendwo anders hinzulaufen.«

Ein langer Blick, ein tiefer Seufzer. »Du machst es uns wirklich nicht leicht, Feri.«

Hab's mir ja selbst nicht leicht gemacht, dachte Feri da nur noch. Laut aber sagte sie es nicht.

Am Nachmittag telefonierte Feris Mutter ein zweites Mal mit Mister Pritt. Sie bat ihn, Milan die Reise nach Frankfurt zu gestatten. Am Samstagmorgen sollte er losfahren, am Sonntagabend würde er heimkehren. Übernachten könne er bei ihnen, sagte sie, sie besäßen ein Gästezimmer. Und natürlich würden sie ihn am Frankfurter Hauptbahnhof abholen und auch wieder zum Zug bringen.

Offensichtlich führten die beiden ein gutes Gespräch. Feri saß dabei, hörte, was ihre Mutter sagte, erriet, was Mister Pritt antwortete, und staunte über die neue Situation, in der sie sich befand. Noch vor ein paar Stunden hatte sie nicht gewusst, wie alles weitergehen sollte, jetzt durfte sie hoffen, dass vielleicht doch noch alles ein gutes Ende finden würde.

Auch mit der Schule telefonierte Feris Mutter. Nur fiel ihr das nicht ganz so leicht. Lügen wollte sie nicht, andererseits aber auch die Schwangerschaft nicht publik werden lassen, weil sonst ja alle Welt auch von dem Schwangerschafts*abbruch* erfahren würde – für sie noch immer die einzig vernünftige Alternative. So begründete sie das »veränderte Verhalten« ihrer Tochter vor der

Schule mit psychischen Problemen – was ja wahrhaftig keine Lüge war, nur ein vorsichtiges Verschweigen der Gründe für diese Probleme – und versprach danach hoch und heilig, dass Feri von nun an wieder regelmäßig am Unterricht teilnehmen und auch nicht mehr stören würde.

Feri hörte auch dieses – wie ihre Mutter selbst es nannte – »Diplomatengeschwätz« mit an, sagte aber nichts dazu.

Ja, und sie selbst, wann telefonierte sie mit Milan? – Erst am Abend! Vorher schaffte sie das einfach nicht. Es lag nicht an mangelnder Zeit für dieses erste Gespräch nach ihrer verunglückten Hamburg-Reise, es lag an ihrer *inneren Einstellung*: Sie hatte ihm Unrecht getan, das wollte sie ihm gern eingestehen. Doch musste sie sich auch bereit dafür fühlen und deshalb zuvor lieber noch ein bisschen in sich hineinhorchen, um herauszufinden, was und vor allem wie sie es ihm sagen wollte, bevor sie zum Handy griff.

Er meldete sich schon nach dem ersten Klingelzeichen; fast so, als hätte er den ganzen Tag nichts anderes getan, als auf das Display seines Handys zu starren, um sofort bereit zu sein, wenn sie anrief.

Sie sagte erst mal nur »Hallo!« und auch er sagte »Hallo!«, dann gab sie zu, dass sie sich, als sie in Hamburg war, ganz dumm verhalten hatte und sich inzwischen sehr dafür schäme.

»Aber warum …?«

Er sprach nicht weiter, begriff offenbar noch immer

nichts; Beweis dafür, dass Mister Pritt ihm tatsächlich nicht von ihrer blöden Eifersucht erzählt hatte? »Na ja, ich hab dich doch mit diesem Mädchen gesehen …«

»Was für 'n Mädchen denn?«

»Na, so eine blonde *Miss Hamburg*. Ihr … ihr habt vor dem Heim gestanden und euch umarmt und … geküsst. Und, na ja, da hab ich gedacht …«

Er stutzte; sie hörte es an seiner Stimme. »Was, was hast du gedacht?«

»Na, dass ihr was miteinander habt.«

Mehrere Sekunden lang sagte er kein Wort. Sie hörte ihn nicht mal atmen. Dann brach es ungläubig aus ihm heraus: »Und deshalb bist du weggelaufen? Wegen Sandra hast du mich am Bahnhof stehen lassen, als hätt ich dich um Geld angebettelt?«

»Ja.« Mehr durfte sie dazu nicht sagen. Sie hatte Mister Pritt ja versprochen, über Daniel besser zu schweigen.

Ein ungläubiges Lachen drang an ihr Ohr. »Also wirklich – so was läuft in keinem Kino! Wegen Sandra der ganze Scheiß? – Aber was hast du mir denn da zugetraut? Hast du mich für eine so miese Type gehalten? Hier die eine, da die andere, und das, obwohl die eine gerade schwanger ist von mir?«

Sie hatte sich diese Beschimpfung redlich verdient. Es gab keine Entschuldigung für ihre Verdächtigungen.

»Hallo? Bist du noch da?«

»Ja.«

»Und? Kannst du mir diesen blöden Verdacht irgendwie erklären?«

»Na ja, sie sieht toll aus, ist groß und blond …«

»Groß ist sie.« Jetzt klang sein Lachen eher belustigt. »Aber blond? Das ist doch alles nur Farbe.«

»Und warum hast du sie geküsst?«

»Na, zur Begrüßung! Und ja auch nur auf die Wange. Wir kennen uns ja schon seit der Grundschule. Außerdem arbeitet ihr Opa bei uns und wir hatten uns ein Jahr nicht gesehen.« Er musste plötzlich lachen. »Also wegen Sandra machst du so einen Stress? Und ich Idiot dachte, das wäre alles nur wegen der Geschichte, die ich dir über meine Eltern erzählt habe und für die ich mich, wenn du willst, noch ein paar Tausend Mal entschuldige. Aber wegen Sandra? Sie ist ein guter Kumpel, ansonsten aber ganz und gar nicht mein Typ.«

»Euer Mister Pritt, er hat gesagt, ihr schwimmt in zwei ganz verschiedenen Seen.« Sie lachte ebenfalls, und das sehr erleichtert. Ob er diese Sandra auf die Wange oder den Mund geküsst hatte, das hatte sie ja gar nicht sehen können. Doch so wie er sprach, nein, da gab's keinen Zweifel mehr.

Ein Weilchen schwiegen sie, dann sagte sie noch mal: »Ich geb's ja zu, das war richtig blöd von mir. Bin eben im Augenblick ein bisschen durch 'n Wind. Aber für diese andere Sache – ich meine, was du mir über deine Eltern erzählt hast –, dafür musst du dich nicht noch mal entschuldigen. Kann ja verstehen, dass du nicht gern über sie sprichst.«

»Gut!«, sagte er. »Und wie soll jetzt alles weitergehen?«

»Na, hat Mister Pritt dir nicht gesagt, dass du nächste Woche zu uns kommen sollst?«

»Doch.«

»Und?«

»Ich komme.«

Das klang, als hätte er gar keine Angst vor dem Gespräch mit ihren Eltern. Oder wollte er das nur nicht zugeben? »Das … das ist schön. Ich meine, ich freue mich darauf.«

»Ich auch.«

Er sagte das, doch seine Stimme strafte ihn Lügen. Alles andere wäre ja auch ein Wunder gewesen.

Ja, und nun? Wollte er sie denn nicht fragen, wie sie inzwischen über ihre Schwangerschaft entschieden hatte? Sie fürchtete diese Frage, weil sie sich ja längst noch nicht hundertprozentig sicher war und schon gar nicht am Telefon darüber reden wollte. Aber nein, er sagte und fragte nichts mehr. Vielleicht, weil nun auch er viel nachzudenken hatte? »Na, dann tschüs für heute«, verabschiedete sie sich vorsichtig. »Ich … ich ruf dich bald mal wieder an, ja?«

»Okay!«

Sie wartete ab, bis er sie weggedrückt hatte, dann trat sie ans dunkle Fenster und sah hinaus.

Die Lichter gegenüber, die Laterne vor dem Haus; es war die übliche Abendstimmung und doch, irgendwie war alles anders geworden. Milan und sie, ob sie sich denn wirklich so sehr liebten, dass *ihr* Kind auch *sein* Kind werden durfte?

Ein Kind ist kein Spielzeug

Die Woche vor dem Samstag, an dem die »Vierer-Konferenz« stattfinden sollte, zog sich hin. Feri ging wieder zur Schule, wirklich anwesend aber war sie nicht. Immer wieder sah sie sich mit Milan und den Eltern im Wohnzimmer sitzen. Wie würde ihm dabei zumute sein? Zwei ihm fremde Erwachsene studieren ihn, den Jungen vom Waldsee, der ihre Tochter in solche Gewissenskonflikte gestürzt hat.

Am Freitag lief sie ab dem späten Vormittag alle paar Minuten ans Fenster, obwohl die Maschine, mit der ihr Vater kommen sollte, noch gar nicht gelandet sein konnte. Wenn doch nur alles klappte! War ja schon vorgekommen, dass der Flieger, aus welchen Gründen auch immer, nicht abhob oder dass ein Anschlussflug weg war. In solchen Fällen war ihr Vater manchmal erst einen oder sogar zwei Tage später als geplant in Frankfurt eingetroffen.

Doch das Flugzeug landete pünktlich. Am Nachmittag fuhr ein Taxi vor – und sie sah ihren Vater aussteigen. Vor Erleichterung wäre sie ihm am liebsten entgegengeflattert. Sie hatte ihn schon so oft abreisen und wiederkommen sehen, jedes Mal hatte sie sich über seine

Heimkehr gefreut. Nie zuvor aber hatte sie ihr dermaßen entgegengefiebert wie an diesem Tag.

Er umarmte und küsste sie und kuckte neugierig, und sie gab sich alle Mühe, ein undurchdringliches Gesicht zu machen. Ob es aber undurchdringlich genug war? Besser, sie flüchtete sich in die Küche, um dem Vater, da die Mutter noch in der Praxis war, den üblichen starken Kaffee aufzubrühen, mit dem er seinen Jetlag bekämpfte.

Die Frage war: Sollte am Abend eine vorbereitende Dreier-Konferenz der geplanten Vierer-Konferenz vorausgehen? Beabsichtigten die Eltern das, wollte sie sich dagegen wehren. Zuerst musste sie Milan wiedersehen, mit ihm reden – und sich über ihre Gefühle für ihn im Klaren sein.

Zum Glück war Feris Vater viel zu müde, um noch ernsthafte Gespräche führen zu können. Der Weltenbummler und Hotelgast musste sich erst wieder in den Familienvater Carsten Matthay zurückverwandeln. Die Flieger, so sein ewiger Seufzer, flögen viel zu schnell; sein Bauchgefühl komme immer erst zwei Tage später an.

Bevor er sich am frühen Abend mit einem Gute-Nacht-Kuss in sein Bett zurückzog, nahm er sie dann aber doch noch mal kurz in die Arme. »Liebe Jennifer Matthay«, mahnte er sie, »ich weiß nicht, wie du inzwischen zu alldem stehst, eines aber ist mir in der Ferne bewusst geworden: Du allein musst wissen, was du willst. Das allerdings zu hundert Prozent, es gibt in einem solchen Fall keine halben Sachen. Mutter und ich sind uns einig: Wir werden deinen Willen respektieren. Aber bitte: Triff deine Entscheidung unabhängig von Milans Wünschen. Kein Mensch weiß, ob eure Liebe dauert. Es muss dir vor allem um *dein* Leben gehen. Bleibt ihr zusammen – gut, aber geht ihr irgendwann getrennte Wege, muss auch das vorbedacht und okay sein.«

Sagte es, küsste sie noch mal und verschwand im Schlafzimmer. Still setzte sie sich zur Mutter in die Küche.

Lange sah ihre Mutter sie nur an, dann seufzte sie leise. »Dieser Erzieher in Hamburg scheint ja ein ganz patenter Kerl zu sein. Hat mir viel über Milan erzählt. – Was für ein grässlich schlimmes Schicksal der Junge hinter sich hat! Kaum zu fassen, was wir Menschen einander alles antun können. Ein Glück, dass er das Ganze offensichtlich ziemlich gut verkraftet hat. Aber jetzt soll er auch noch so früh *Vater* werden? Eigentlich braucht er selbst noch einen.«

Sie wartete ab, ob Feri irgendwas dazu sagen wollte. Als nichts kam, rückte sie näher an sie heran, legte den Arm um sie und streichelte ihr den Rücken. »Ich weiß, wir verlangen viel von dir. Aber irgendwann müssen wir hinter das Ganze einen Punkt setzen. Sonst gehen wir noch alle vier dabei drauf.«

»Alle fünf«, verbesserte Feri sie.

»Ja, natürlich, alle fünf!« Feris Mutter versuchte zu lächeln, sagte aber nichts mehr.

Feri hatte sich ausbedungen, dass sie – und zwar sie ganz allein! – Milan am Frankfurter Hauptbahnhof abholen durfte. Viel zu früh stand sie auf dem Bahnsteig, voller Ungeduld wartete sie auf den Zug aus Hamburg. Und dann hatte er auch noch Verspätung. Über eine halbe Stunde, so wurde angezeigt. Unruhig spazierte sie zwischen all den anderen Wartenden auf und ab; eine Situation, die sie an Hamburg erinnerte.

Als der Zug dann endlich kam, gehörte Milan zu den Ersten, die ausstiegen. Sie sah ihn den Bahnsteig entlangkommen – lang und schlank, die widerspenstige Locke in der Stirn – und ein siedend heißes Gefühl überflutete sie.

Unsicheren Schritts trat er auf sie zu. »Hallo!«

»Hallo!«

Keine Umarmung, kein vorsichtiges Einanderzulächeln. Sie wussten beide nicht, wie sie sich in diesem Augenblick verhalten sollten, und so gingen sie gleich darauf, als wären sie einander fremd, nebeneinander her. Auf der Rolltreppe, die zu den S-Bahn-Gleisen hinunterführte, standen sie sogar hintereinander – Feri vorn, Milan, eine schon ziemlich strapazierte Reisetasche über der linken Schulter, hinter ihr.

Sie spürte seinen Blick im Nacken. Sicher war er voller Neugier, wie denn nun alles weitergehen würde. Und voller Bammel vor ihren Eltern. Doch ließ er sich das nicht anmerken, *boxte* wohl mal wieder, indem er sich gegen seine Angst wehrte. In ihr begann es zu kribbeln. Dieser seltsame Stich im Herzen, der so schön wehgetan hatte, als er ihr auf dem Bahnsteig entgegenkam, was konnte der denn anderes bedeuten, als dass sie ihn noch immer liebte, wirklich und wahrhaftig liebte? Jetzt vielleicht noch mehr als je zuvor.

»Ich soll dich übrigens grüßen«, sagte er in der S-Bahn, »von Mister Pritt.«

»Danke.«

Sie saßen einander gegenüber, die Plätze neben ihnen waren frei. Das war gut so; fremde Leute, die jedes Wort mit anhören konnten, wären in dieser Situation schwer zu ertragen gewesen.

»Und wie geht's dir? Ich meine – merkste schon was?«

Er schielte auf ihren Bauch. Aber da war noch nichts zu entdecken.

»Nee! Ist ja noch viel zu früh.«

»Na klar!« Er grinste, und ihr wurde bewusst, dass er das nur gefragt hatte, um diese durchsichtige Wand zwischen ihnen beiseitezuschieben. Also war jetzt sie dran, irgendetwas zu sagen, wenn sie nicht wollte, dass das Gespräch gleich wieder versickerte.

»Und du?«, fragte sie neugierig. »Wie geht's dir denn? Hast du Angst vor meinen Eltern?«

Zuerst wollte er nur den Kopf schütteln, aber dann seufzte er und nickte. »Klar hab ich Schiss! Komme mir vor wie der fiese Bandit, der die keusche Tochter des Hauses entehrt hat.«

Rasch ließ sie ihren Blick wandern, um sicher zu sein, dass sie niemand belauschen konnte, dann flüsterte sie ihm zu: »Aber du warst es doch gar nicht, der … der damit angefangen hat.«

»Jaa?« Verblüfft starrte er sie an.

»Na, hättest du denn … Ich meine, hättest du, wenn ich nicht …«

Sie brachte die Frage nicht heraus. Knallrot war sie dabei geworden. Aber daran gab's ja nun wirklich keinen Zweifel, in dieser Hinsicht konnten die Eltern ihm nichts, aber auch gar nichts vorwerfen.

»Nee«, gab er zu. »Ich meine, wenn du das nicht gewollt hättest, dann wäre nichts passiert. Nur: So hab ich das noch gar nicht gesehen.«

Wieder musste er grinsen und sofort stieg ein heißes Gefühl in ihr hoch. Wie er jetzt vor ihr saß, trotz aller gespielten Lockerheit ja doch irgendwie verlegen und in seinem geheimsten Kämmerlein noch immer hoffend, dass sie zusammenbleiben und das Kind bekommen würden – das war er: *ihr* Milan vom Waldsee.

Sie gab sich einen Ruck, setzte sich neben ihn und nahm seine Hand. »Das in Hamburg, das war eine ganz blöde Sache. Aber irgendwie war das alles zu viel für mich. Erst die erfundene Geschichte über deine Eltern, dann diese … Sandra. Hab mich einfach nicht mehr eingekriegt. Tut mir verdammt leid, das Ganze.«

Sie hatte ihm das per Handy schon gesagt, doch besser ein Mal zu viel als ein Mal zu wenig.

In seinem Gesicht ging die Sonne auf. Er hob ihre Hand an seinen Mund und küsste sie; spielte den Hollywood-Helden, der vor seiner Angebeteten auf die Knie fiel. »War ja auch meine Schuld. Hätte dir längst die Wahrheit sagen müssen.«

Ja, beide hatten sie Mist gebaut, aber das war nun vorbei. Und so wäre Feri Milan in diesem Moment am liebsten um den Hals gefallen. Nur mit Mühe konnte sie sich das verkneifen. Rumknutschen in der S-Bahn? So etwas hatte sie noch nie gemocht.

Den Eltern gefiel Milan, das konnte sie schon bald erleichtert feststellen. Zwar hatten sie ihn nur äußerst zurückhaltend begrüßt – immerhin war er der Junge, der ihre Tochter geschwängert hatte –, doch je länger er ihnen am Mittagstisch gegenübersaß, desto erlöster blickten sie. Wenigstens war ihre Tochter auf keinen dümmlichen Schönling oder Muckibuden-Dauergast reingefallen.

Milans Haltung drückte aus: Ich weiß, dass ich auf dem Prüfstand stehe, habe aber schon Schlimmeres erlebt. Sollte ich diese Prüfung nicht bestehen, würde mir das leidtun, viel wichtiger aber ist, dass Feri und ich miteinander klarkommen.

Es gab asiatischen Reisauflauf; ein Gericht, das Feris Mutter gekocht hatte, um Milan das Hantieren mit dem Besteck zu ersparen. Dafür brauchte er ja nur eine Gabel.

Anfangs wurden nur sehr behutsame Fragen gestellt: Wie denn das Leben im Heim so sei und ob Milan die Ausbildung zum Dekorationsmaler Spaß mache und seine Behinderung ihm die Lehre tatsächlich nicht allzu sehr erschwere. Über seine Eltern, seine ganze Vergangenheit wurde nicht gesprochen. Das hätte zu diesem Tag nicht gepasst.

Milan antwortete offenherzig und selbstbewusst. Es ging ihm nicht darum, die Prüfung mit dem glänzendsten aller möglichen Ergebnisse zu bestehen, doch wollte er sein Licht auch nicht allzu matt leuchten lassen. Außerdem waren die »Prüfer«, die ihm gegenübersaßen, Feris Eltern; wenn er mit ihr zusammenbleiben wollte, musste er sie in Kauf nehmen, egal, ob sie ihm gefielen oder nicht.

Nach dem Essen, als alle diesbezüglichen Fragen beantwortet waren, herrschte längere Zeit Stille. Jetzt, so war allen klar, ging's ans Eingemachte, endlich musste über das gesprochen werden, was diese »Konferenz« nötig gemacht hatte.

Einer den anderen anblickend, saßen sie da, das schmutzige Geschirr noch immer auf dem Tisch. Weder die Mutter noch der Vater oder Feri wollten mit dem Abräumen beginnen. Das ging, bis Feri es nicht länger aushielt. Sie stand auf, stellte sich hinter Milan, legte beide Hände auf seine Schultern und sagte fest: »Wir – wollen – es – bekommen.«

Ein Paukenschlag, diese vier Wörter – für die Eltern, aber nicht für Milan. Er wusste längst, wie sie sich entschieden hatte. Auf dem Weg von der S-Bahn-Station bis zu ihrem Zuhause hatte sie es ihm gesagt. Vor einer Garageneinfahrt war das gewesen und ein superlanger Kuss hatte die Endgültigkeit dieser Entscheidung besiegelt.

Er lächelte ihr auch jetzt wieder so glücklich zu, und ihr wurde noch klarer, dass sie, so wie es jetzt war, gar nicht anders konnte, als sich das Kind – *ihr* Kind – zu wünschen. Blieb allein die Frage, was die Eltern dazu sagen würden.

Feris Mutter sah erst nur ihren Mann an, dann schüttelte sie den Kopf, war aber nicht sehr überrascht. »Hab's gewusst! Ja, wirklich, ich hab's gewusst!«, flüsterte sie danach achselzuckend vor sich hin.

Feris Vater seufzte erst nur ergeben, dann sagte er: »Hab's auch gewusst. Kenne ja meine Tochter.«

Danach schwiegen sie, als gäbe es nichts mehr dazu zu sagen.

Feri packte Milans Schultern noch fester; so, als wüchse ihr auf diese Weise Kraft zu. »Wir ... wir wollen es in jedem Fall bekommen – mit oder ohne eure Hilfe. Und dann wollen wir möglichst bald zusammenziehen – auch das mit oder ohne eure Hilfe.«

»So?« Der Vater nickte, als hätte ihn auch dieses Statement nicht sehr überrascht. »Na, dann ist ja alles klar. Wozu noch länger darüber reden? Ist ja alles tausend Mal gesagt worden. Nur noch so viel: Wir können und wir wollen euch zu nichts zwingen – es ist eure Entscheidung –, doch muss ich kein Hellseher sein, um euch zu versprechen: Der Weg, der vor euch liegt, wird hart und steinig sein – und zwar unabhängig davon, ob mit oder ohne unsere Hilfe. Vor allem natürlich für dich, Feri.«

Es würde hart werden. Sie wusste das. Die glatte Rutschbahn »Schule – Abitur – Studium« gab's nicht mehr. Wenn sie ihr Ziel trotzdem erreichen wollte, würde sie all diese *Steine* – darunter sicher ein paar ziemliche Brocken – aus dem Weg räumen oder darüber hinwegsteigen müssen. Doch zurückrudern? Nein! Auf gar keinen Fall! Milan und sie bekamen ein Kind und wollten sich darauf freuen. Edda, ausgerechnet die immer so prinzipienfeste, kühl und logisch denkende Edda, hatte recht gehabt, als sie sagte, es sei ja kein Weltuntergang, ein Kind zu bekommen und dafür den Beginn ihres Studiums um ein Jahr verschieben zu müssen.

Feris Antwort: »Hab's ausgerechnet, das Kind kommt im Mai. Bis dahin habe ich alle oder wenigstens fast alle Prüfungen hinter mir. Und kommt unser Kind früher oder stehen noch irgendwelche Prüfungen an, dann hole ich die eben nach ... Das Abi geht mir nicht verloren und das Studium später auch nicht. Andere haben's geschafft, warum sollten wir's nicht schaffen?«

»So? Und das alles hast du schon seit Tagen gewusst und trotzdem kein Wort darüber verloren?« Feris Mutter, sie schwankte noch – zwischen Enttäuschung und Kapitulation?

»Nein, so richtig weiß ich's erst seit heute.« Ohne dass sie es merkte, begann Feri Milans Schultern zu streicheln. »Wir mussten uns erst wiedersehen. Wollte mir ganz sicher sein, dass wir zusammenbleiben. Und das bin ich nun.«

Ihr Vater stieß die Luft aus, als wollte er sich auf diese Weise von irgendeinem Druck befreien, stand auf und trat ans Fenster. Ihre Mutter begann das Geschirr zusammenzustellen. Das aber nur, um jetzt nichts sagen zu müssen. Als sie damit fertig war, setzte sie sich wieder.

»Hab gesagt, mit oder ohne eure Hilfe«, begann Feri

neu. »Und dabei bleibe ich. Aber natürlich, *mit* eurer Hilfe würde es nur halb so schwer werden. Ich … ich würde nämlich das erste Jahr gern zu Hause bleiben. Bei unserem Kind. Später werde ich ganz bestimmt eine Kita finden. Nur – ohne gewisse Kosten wird das nicht abgehen.«

»Kosten?« Der Vater tat, als ob er sich verhört hätte. »Jetzt redest du aber wirklich Stuss, Fräulein Matthay! Kosten! Als ob's darum ginge! Begreifst du denn nicht, dass wir nie etwas anderes wollten, als dass du glücklich wirst?«

Feri wollte antworten, Milan war schneller. »Glücklich kann sie aber doch nur *mit* unserem Kind werden«, gab er zu bedenken. »Sonst … sonst geht's ihr vielleicht wie meiner Mutter und sie kann sich irgendwann selbst nicht mehr leiden.«

Was sollten die Eltern dazu sagen? Erst schwiegen sie betroffen, dann kratzte Feris Vater sich am Kopf. »Na gut! Da will ich nicht widersprechen, da ist sicher was Wahres dran … Nur: Wie, bitte schön, wollen Sie Feri unterstützen, wenn's erst so weit ist? So schnell werdet ihr ja kaum zusammenziehen können. Und später, Sie in Hamburg, Feri an irgendeiner Uni, die vielleicht in Süddeutschland liegt, wie soll das funktionieren?«

Wieder wollte Feri etwas sagen, Milan nahm ihre Hand, um ihr zu verstehen zu geben, dass er für sich selbst reden konnte. »Nächstes Frühjahr schließe ich meine Ausbildung ab«, antwortete er fest. »Danach werde ich versuchen, in Frankfurt Arbeit zu finden. Und später immer dort, wo sie gerade studiert. In meinem Beruf gibt's viele Möglichkeiten.«

»Was denn für welche?« Der Vater blieb misstrauisch.

»Warenhäuser und Geschäfte«, jetzt war Feri endgültig nicht mehr zu bremsen, »Opern und Theater, Werbegestaltung für Ausstellungen und Messen und jede Menge sonstige Werbemaßnahmen. Für Dekorationsmaler gibt's Tausende von Möglichkeiten.«

Den Eltern blieb gar nichts anderes übrig, als sich endgültig geschlagen zu geben. »Da ihr offenbar durch nichts von eurer Überzeugung abzubringen seid ...« Feris Mutter hob die Schultern und ließ sie wieder fallen. »Gut oder nicht gut, auf jeden Fall werden *wir* euch keine zusätzlichen Steine in den Weg legen. Was heißen soll, dass wir euch *selbstverständlich* helfen werden. Jedenfalls soweit es uns möglich ist. Eine Selbstläufergeschichte allerdings wird das Ganze trotz unserer Hilfe nicht werden. Ein Kind ist kein Spielzeug, das werdet ihr bald merken.«

»Danke!« Feri lief um den Tisch, umarmte erst ihre Mutter und danach ihren Vater und musste sich Mühe geben, nicht vor Freude loszuheulen. »Hab ja gewusst, dass ihr uns nicht im Stich lasst. Und wenn ihr mitmacht, ach, dann geht's ja gar nicht anders, dann muss ja alles gut werden.«

Pusteblumen und Schlingpflanzen

Die eigentliche »Konferenz« war beendet, das Geschirr wurde abgeräumt und Zukunftspläne wurden geschmiedet.

Als Erstes sollte mit der Schule geredet werden. Es musste klargestellt werden, weshalb Feri in den letzten Wochen so ein Problemfall gewesen war. Auch musste ihr in den letzten Schulwochen, wenn ihre Schwangerschaft schon weit fortgeschritten sein würde, alle denkbare Unterstützung zuteilwerden.

Eine »Aufklärungsaktion«, um die ihre Mutter sich kümmern wollte. Feris Segen hatte sie. Von jetzt an durfte alle Welt erfahren, dass sie ein Kind bekam. Warum sollte denn ausgerechnet sie nicht stolz darauf sein dürfen? Andere Mütter waren es doch auch.

Die Eltern mussten sie ermahnen, das Ganze nicht auf die leichte Schulter zu nehmen. Sonst, so ihr Vater, seien jede Menge herbe Enttäuschungen und üble Stimmungstiefs vorprogrammiert. »Und die musst du erst mal auszuhalten lernen.«

Feri wollte sich ihre Vorfreude trotzdem nicht nehmen lassen. Außerdem wollte sie endlich mal längere

Zeit mit Milan allein sein. Also schlug sie ihm einen Spaziergang vor, eine Runde durch ihre kleine Stadt, die dann aber kein Ende nahm. Erst als Milan alles schon zweimal gesehen hatte, setzten sie sich auf eine der Bänke am Spielplatz, schauten den Kindern im Sandkasten zu und küssten sich immer dann, wenn sie glaubten, nicht beobachtet zu werden. Sie hatten viel nachzuholen.

»Nicht zu fassen«, flüsterte Milan nach einem dieser raschen, heimlichen Küsse. »Du schmeckst immer noch so gut.«

»Und meine Stimme? Mein Duft? Meine Augen?« Feri war nicht zufrieden.

Er überlegte kurz. »Soll ich ehrlich sein?«

»Was denn sonst?«

»Duft und Augen – alles ganz wie am Waldsee! Deine Stimme aber, die klingt ein bisschen strenger – als ob du in den paar Wochen zehn Jahre älter geworden bist.«

»Gleich zehn Jahre?« Sie spielte die Empörte.

»Na, mindestens drei.«

»Gut!« Warum sollte sie sich dagegen wehren? »Muss vielleicht so sein. Mütter dürfen auch mal streng sein. Sehe ich ja an meiner.«

Sie kicherte und er lachte mit, und dann wollte sie wissen, wie ihre Eltern ihm denn gefielen.

Er grinste mal wieder. »Total unsympathisch sind sie nicht.«

»Können sie ja auch gar nicht sein.« Eine Auskunft,

mit der sie zufrieden sein konnte. »Sonst hätt ich sie doch nicht zu meinen Eltern gemacht.« Sie lachte.

Ein längeres, beiderseitiges Schweigen folgte, bis sie ihn fragte, welcher Name ihm wohl besser gefallen würde, falls sie später – »irgendwann *seehr* viel später« – mal heiraten sollten. »Vesely oder Matthay?«

»Ich würde lieber Matthay heißen«, sagte er nach kurzem Nachdenken. »Milan Matthay – klingt irgendwie gut! Fast so wie Pablo Picasso. Oder Donald Duck.«

Wieder lachten sie, dann widersprach sie gespielt trotzig: »Ich würde aber lieber Vesely heißen. Matthay heiße ich ja schon so lange.«

Erneut ein Lacher, und dann sagte sie nur noch, eigentlich sei's ihr egal, wie sie heiße. »Nur Doppelnamen wie Winkelmoser-Hupfenbrink, die mag ich nicht. Entweder Winkelmoser oder Hupfenbrink oder jeder behält seinen Namen, alles andere sind faule Kompromisse.«

Gleich wurde er ernst. Zwar möge auch er keine Doppelnamen, antwortete er nach einigem Zögern, aber egal sei ihm sein Nachname nicht.

Er dachte an seinen Vater! Deshalb hing er nicht an seinem Namen. Vorsichtig nahm sie seine Hand und streichelte sie, um ihm zu zeigen, dass sie ihn verstand. Dann wurde sie nachdenklich. Auf die Dauer war das mit der Liebe ja wirklich nicht so einfach. Oder hatten Milans Eltern sich anfangs etwa nicht geliebt? Oder Frau Randstedt, ihre Deutschlehrerin, erst voriges Jahr hatte sie sich zum dritten Mal scheiden lassen ... »Wir können ja auch so zusammenbleiben«, schlug sie vor. »Ohne zu heiraten. Machen ja viele. Vielleicht sogar die meisten. Nur bekommst du dann nicht meinen wunderschönen Namen.«

»Klar können wir das.« Er nickte, wirkte aber nicht sehr überzeugt. Und da sagte er auch schon: »Nur ist's anders irgendwie schöner. So eine Heirat, das ist doch wenigstens ein echtes Versprechen. Die nur so locker zusammenleben, das sind doch alles Pusteblumen. Beim ersten Windstoß weht's sie fort.«

Kein dummer Vergleich. Feri brauchte Zeit, bis ihr eine würdige Antwort darauf einfiel. »Na ja, aber dafür kann so 'ne Ehe zur Schlingpflanze werden. Immer dann, wenn der eine den anderen abwürgt.« Caros Mutter hatte sich deswegen scheiden lassen.

»Würgt dein Vater deine Mutter ab?«, widersprach Milan sofort. »Oder würgt *sie ihn* ab? Es kommt doch immer nur darauf an, ob zwei sich wirklich lieben oder nur gegenseitig besitzen wollen.«

Puh! Wie viele Gedanken über das Zusammenleben von Paaren er sich schon gemacht hatte … Doch kein Wunder, bei seiner Geschichte.

»Wie geht's denn eigentlich *deiner* Mutter? Warst du mal wieder bei ihr?«

Sie hatte das nur sehr leise gefragt, fast schüchtern. Überrascht sah er sie an. Wie kam sie denn jetzt, gerade jetzt, auf seine Mutter?

»Schlecht«, antwortete er so kurz, als wollte er sich durch ein Gespräch über seine Mutter nicht die gute Laune verderben lassen. Doch besann er sich. Er wollte denselben Fehler nicht zweimal machen. »Na ja«, fuhr er leise fort. »Wie soll's ihr denn gehen? Sie ist ja schon lange nicht mehr bei sich, erkennt mich gar nicht mehr, lacht nur jedes Mal komisch, wenn ich komme.«

»In den Herbst- oder Weihnachtsferien«, Feri tastete sich nur behutsam weiter vor, »da komme ich dich bestimmt mal besuchen. Würdest du mich dann mal mitnehmen? Ich ... ich würde sie gern kennenlernen.«

Seine dunklen Augen, wie groß sie werden konnten.

»Na, sie ist doch deine Mutter«, beharrte sie, »und wir gehören doch jetzt zusammen, oder? Da muss ich sie doch irgendwann kennenlernen, ganz egal, wie krank sie ist.«

Einen Moment lang dachte er nach, dann nickte er ernst. »Wenn du unbedingt willst.« Ganz tief drinnen aber schien er sich zu freuen.

Tags darauf: der Abschied auf dem Bahnhof. Der ICE nach Hamburg hätte sich ruhig Zeit lassen können, diesmal aber war er pünktlich.

Milan stieg ein und blieb an der Tür stehen, und Feri musste sich Mühe geben, ihm weiterhin allerbeste Laune vorzuspielen. Wie viel lieber wäre es ihr gewesen, er wäre gleich jetzt für immer bei ihr geblieben. Einziger Trost: Von jetzt an wollten sie sich so oft wie möglich gegenseitig besuchen.

»Grüß euren Mister Pritt, ja? Der ... der ist wirklich in Ordnung.« Irgendwas saß ihr im Hals fest, sie musste es runterwürgen. »Und boxe wieder, ja? Und mal mir ein

Bild, eins für mich ganz allein. Kennst ja jetzt mein Zimmer, ich häng's mir übers Bett.«

Die Türen schlossen sich, der Zug fuhr an. Milan, noch immer an der Tür stehend, nickte und lachte und winkte, und sie winkte zurück. Winkte und winkte, egal, ob er sie noch sehen konnte oder nicht.

Klaus Kordon

Klaus Kordon, geboren 1943 in Berlin, studierte Volkswirtschaft und unternahm als Exportkaufmann viele Reisen ins Ausland. Seine Bücher wurden in viele Sprachen übersetzt und zahlreich ausgezeichnet. Für sein Gesamtwerk erhielt Klaus Kordon den Alex-Wedding-Preis der Akademie der Künste zu Berlin und Brandenburg, den Großen Preis der Deutschen Akademie für Kinder- und Jugendliteratur und 2016 den Sonderpreis des Deutschen Jugendliteraturpreises.
Bei Beltz & Gelberg erschienen unter anderem die berühmte »Trilogie der Wendepunkte« mit den Romanen *Die Roten Matrosen oder Ein vergessener Winter*, *Mit dem Rücken zur Wand* und *Der erste Frühling*, die »Jacobi Saga« mit den Romanen *1848. Die Geschichte von Jette und Frieder*, *Fünf Finger hat die Hand* und *Im Spinnennetz. Die Geschichte von David und Anna* sowie der autobiographische Roman *Krokodil im Nacken* (Deutscher Jugendliteraturpreis; nominiert für den Deutschen Bücherpreis).

Klaus Kordon

Krokodil im Nacken

Roman, 796 Seiten (ab 14), Gulliver TB 78632
Deutscher Jugendliteraturpreis
Ebenfalls als E-Book erhältlich (74179)

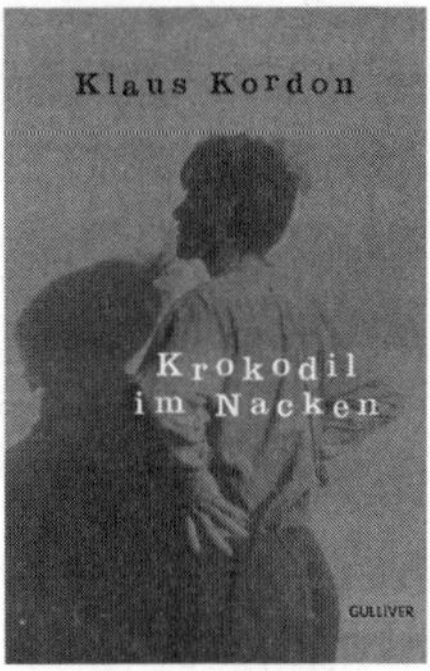

Die bewegende Lebensgeschichte des Manfred Lenz, der nach einem missglückten Fluchtversuch aus der DDR ein Jahr in Stasi-Gefängnissen verbringt. Er erinnert sich an seine Kindheit und Jugend in Ost-Berlin und an die Verzweiflung, die ihn eines Tages zur Flucht in den Westen zwingt. Ein Zeitpanorama, wie es authentischer und packender nicht sein könnte.

Klaus Kordon

Das Karussell

Roman, 456 Seiten (ab 14), Gulliver TB 74466
Ebenfalls als E-Book erhältlich (74405)

Die Geschichte von Bertie und Lisa, zwei, die nichts voneinander wissen und sich aufeinander zu bewegen, als wären sie füreinander bestimmt. Ein wunderbarer Roman, mit dem Kordon die Geschichte einer großen Liebe in den Zeiten des 2. Weltkriegs erzählt und nebenbei ein halbes Jahrhundert Revue passieren lässt.

GULLIVER

www.beltz.de
Beltz & Gelberg, Postfach 10 01 54, 69441 Weinheim